Tobias Rafael Junge

DARK WORLD

DER GEHEIME CODE

Mit Illustrationen von
Nils Andersen und Sabina Kim

Dressler Verlag · Hamburg

Außerdem bei Dressler erschienen:
Deadwater. Das Logbuch

FSC
www.fsc.org
MIX
Papier aus verantwortungsvollen Quellen
FSC® C014496

Originalausgabe
1. Auflage

Poppenbütteler Chaussee 53, 22397 Hamburg

Satz: Dörlemann Satz, Lemförde
Druck: GGP Media GmbH, Karl-Marx-Straße 24,
07381 Pößneck, Deutschland
ISBN 978-3-7915-0075-1
www.dressler-verlag.de

DRESSLER

Für meine Eltern und meinen Bruder
und die gemeinsame Zeit
in einer anderen Welt

SITEMAP

STATUS CODE

403

FORBIDDEN

DER ZUGRIFF IST VERBOTEN. EINE AUTORISIERUNG WIRD NICHT ANERKANNT, DER CLIENT SOLL DIE ANFRAGE NICHT NOCH EINMAL STELLEN.

```
>>SSH REMOTE_USERNAME@REMOTE_HOST
>>ENTER PASSWORD: ********
>>200 OK
>>CD DATABASE/LOGS/
>>LESS README.TXT
```

Dies ist die erste und letzte Warnung. Ganz gleich, welcher gute Rat oder böse Zufall, welches Licht oder welche Dunkelheit dich hierhergeführt hat, wenn du weiterliest, solltest du es schnell tun.

Denn sie suchen bereits nach dir, wie sie es bei all den anderen getan haben. Jeder deiner Schritte hinterlässt in der virtuellen und der wirklichen Welt Spuren. Brotkrumen aus Bits und Bytes, denen sie so lange folgen, bis sie dich haben oder die Raben dein ganzes kurzes Leben aufgefressen haben und du nie wieder dorthin zurückfindest.

Wenn du Angst hast – und das solltest du –, kehre um und verwische deine digitalen Fußabdrücke, so gut es geht. Laufe weg, verstecke dich und bete zu allem, was dir heilig ist. Nichts anderes bleibt dir übrig. Vielleicht hast du Glück und sie kriegen dich nicht. Vielleicht. Ganz vielleicht. Leb wohl.

…

…

…

…

…

…

Du hast es nicht anders gewollt und ich danke dir für deinen Mut. Diese Dateien und Dokumente sind eine Flaschenpost, eine versunkene Insel im uferlosen Meer des Internets. Nichts von dem, was du erfahren wirst, kannst du ungesehen machen oder ungeschehen. Doch jede Seite wird dich gegen die niemals schlafenden Seeungeheuer wappnen, gegen die Riesenkraken und schwarzen Haie. Jedes Wort ist ein Pfeil, jeder Satz ein Speer, jede Seite ein Netz.

Internet: aus dem militärischen Arpanet entstandener Netzwerkverbund, der die technischen Voraussetzungen und Regeln für ein weltumspannendes Informationsnetz, dem World Wide Web schafft

Die vor dir liegende Geschichte ist wahr und falsch zugleich. Es ist alles genau so passiert, doch es hätte niemals so weit kommen dürfen. Es wurden Türen geöffnet, die sich nicht mehr schließen lassen, Dämonen beschworen, die wir nicht mehr loswerden, doch fürchten sollten wir uns vor allem und für alle Zeit vor den Gespenstern, die wir selbst geworden sind.

Nicht die Augen sind die Fenster zur Seele, sondern unsere Smartphones, Tablets und PCs, unsere Autos, Fernseher und Kaffeemaschinen. Weit haben wir diese Fenster geöffnet, sind herausgestiegen und lachend in die Tiefe gesprungen. Ob wir wollen oder nicht, durch sie geben wir all unsere Geheimnisse preis und brüllen unser Innerstes in die Welt hinaus. Wir sind nicht mehr als billige Malen-nach-Zahlen-Bilder aus Einsen und Nullen. Sie wissen, woher du kommst, wo du bist und wohin du gehst. Sie kennen dich bereits jetzt besser als du dich selbst, denn ihre Blicke füllen den Himmel und ihre Taten die Hölle.

Ich werde dir alles erzählen, so gut ich es vermag, denn Wissen ist selbst im Zeitalter von ferngesteuerten Kriegen ein mächtiges Schwert. Allein wer ich bin, werde ich dir nicht sagen. Noch nicht. Dieses Rätsel ist der Preis, den du gewinnen oder bezahlen wirst.

STATUS CODE

520

UNKNOWN ERROR

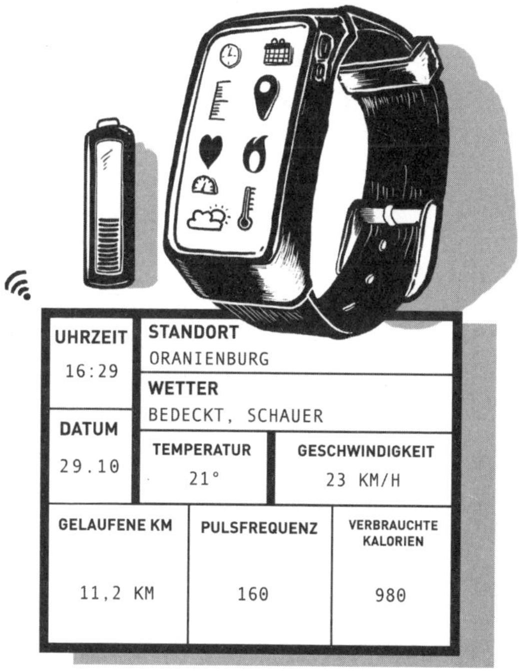

DER SERVER KANN DIE ANFRAGE DES CLIENTS NICHT BEARBEITEN, DA EIN FEHLER UNBEKANNTER HERKUNFT AUFGETRETEN IST.

Anton Thiele:
fünfzehnjähriger Fitness- und Gesundheitsfanatiker. Spielt erfolgreich Basketball und ist ziemlich beliebt. Plagt sich insgeheim aber mit kleineren Ticks herum. Woher die kommen, weiß er nicht.

Goat schreibt:
die Zuschauer fühlten sich in etwa so wie die Bowling Pins.

Potsdam:
Haupt- und größte Stadt des Landes Brandenburg

Rebound (Basketball):
Sichern des Balles nach einem verfehlten Wurf der eigenen oder der gegnerischen Mannschaft

>>CD DATABASE/LOGS/

>>LESS FIRST_LOG.TXT

Der Schmerz ließ Anton aufstöhnen, noch bevor er auf dem Hallenboden aufschlug. Doch es war weder der Ellenbogen seines Gegenspielers, der ihm gerade ein blaues Auge verpasst hatte, noch der verpatzte Drei-Punkte-Wurf, der ihm zusetzte. Da war noch etwas anderes, ein Brennen in seiner Brust, als kratzte die Wut wie ein wildes Tier an seinem Innersten, als warf sie sich gegen seine Rippen, den Käfig, der sie gefangen hielt. Anton fühlte sich wie ein verbeulter Kampfroboter, den irgendein Arschloch vom anderen Ende der Welt aus fernsteuerte und der gerade den Selbstzerstörungsknopf gedrückt hatte.

Mit ordentlichem Wumms schlitterte er in die erste Reihe der Tribüne und kegelte einige Zuschauer krachend um. Den Aufprall spürte er kaum, als er mit ansehen musste, wie sich die Potsdamer Mannschaft den Rebound schnappte. Er stöhnte. Zum zehnten Mal lag er heute im Dreck.

»Komm schon, Thiele«, feuerte ihn jemand aus dem Publikum an und half ihm auf. »Noch zwanzig Sekunden. Du packst das!«

Und ob er das packen würde. Antons Muskeln spannten sich und er sprang auf. Im Vollsprint jagte der Shooting Guard durch das Heer der Potsdamer Riesen dem Ball hinterher. Deren Spielführer führte den Ball geradewegs Richtung Freiwurflinie. Der nächste Korb entschied das Spiel. Gerade als Anton den letzten Gegner passierte, setzte der Ballführende zu einem Sprungwurf an. Niemand stellte sich ihm entgegen, niemand hielt ihn auf, niem... Anton machte einen langen, donnernden Schritt und sprang. Die Zeit schien stillzustehen. Die Rufe der anderen Spieler und die Schreie der Zuschauer vermengten sich zu einem einzigen tiefen Dröhnen. In voller Streckung wischte Antons Arm über den Kopf des Werfers hinweg, doch der Ball verließ bereits dessen Hände.

Erst als Anton wieder den Boden unter seinen Füßen spürte, drehte sich die Welt in normaler Geschwindigkeit, seine Fingerspitzen schickten ein verzögertes Signal an das Gehirn. Er hatte es geschafft und den Ball noch gestreift! Der Ball prallte an die Innenseite des Rings, von wo aus er wieder zurück ins Feld sprang. Anton hechtete ihm entgegen, bekam ihn zu fassen und schlug einen Haken weg vom wütenden Potsdamer Spieler. In der Ferne, über dem gegnerischen Korb, flimmerten ihm rot die Ziffern der verbleibenden Spielzeit entgegen. Es blieben fünf Sekunden für ein letztes Fast Break. Mit einem Doppelpass überspielten er und ein Teamkamerad zwei Gegner. Um einen dritten drehte er sich, ohne an Geschwindigkeit zu verlieren, bis ihn nur noch ein paar Meter vom Korb trennten. Darunter stand der größte seiner Gegenspieler – die gewal-

DirtyDirk schreibt:
Von wegen Basketball sei ein körperloses Spiel. In den unteren Jugendmannschaften mag das ja noch stimmen, aber spätestens in der U16 ist das vorbei. In der Oberliga geht es um ordentlich Geld und manchmal scheint es, als wollten sogar die Schiedsrichter Blut sehen.

Shooting Guard:
(Basketball) Position in einer Mannschaft, die meist von einem kleineren Spieler eingenommen wird, dessen Aufgabe vor allem Würfe aus großer Entfernung sind

Goat schreibt:
Wie Rotkäppchen alleine im großen Wald ...

Fast Break (Basketball):
schnelles Umschalten von Defence zu Offence nach Balleroberung

tigen Arme ausgebreitet wie Bahnschranken. Erneut verengt sich das Spielfeld zu einem schwarzen Tunnel.

Ohne zu wissen, ob er wirklich brüllte oder ob es ihm nur so vorkam, sprintete Anton mit gesenktem Kopf auf den Verteidiger zu, täuschte eine Rechtsbewegung an, zog links vorbei und schraubte sich zum Korbleger in die Höhe. Doch der menschliche Leuchtturm drehte sich überraschend schnell und sprang ihm mit erhobenen Armen entgegen. Instinktiv zog Anton den Ball zurück und ließ ihn auf der anderen Seite des Rings gegen das Brett prallen.

Während die letzte Sekunde erstarb und die Sirene das Ende des Spiels verkündete, sank der Ball ins Netz. Den Jubel von den Rängen und seiner Mannschaft hörte Anton nicht mehr. Das Geräusch seiner brechenden Nase versetzte seinen ganzen Körper in Schwingung. Als hätte seine Wut nur auf diesen kleinen Riss in ihrem Gefängnis gewartet, brach sie aus ihm heraus und hinterließ nichts als einen schweren, roten Schleier, hinter dem Antons Welt verschwand.

»Was machst du nur, Junge?«, brummte Herr Ribbentrop, als er die Tür der Umkleidekabine hinter sich schloss.

»Tut mir leid«, war alles, was Anton herausbrachte. Im leeren Raum klang seine Stimme viel zu laut. Der Dampf aus der Dusche legte sich langsam.

Nico schreibt: Dabei ging es hier um nichts mehr. Beide Mannschaften waren für die Playoffs qualifiziert, aber im Laufe der Saison hat sich eine richtiggehende Fehde zwischen den favorisierten Potsdamern und Antons Oranienburger Team entwickelt. Vielleicht war es auch so ein David-gegen-Goliath-Ding, denn die Spieler aus der Hauptstadt überragten ihre Gegner locker um einen Kopf. Und dass, obwohl Anton mit seinen 1,80 m für einen Fünfzehnjährigen keineswegs klein war. Von seinen meist noch ein paar Zentimeter höher aufragenden Mitspielern ganz zu schweigen.

Korbleger (Basketball): Technik, bei der der Ball unterhalb des Korbes mit oder ohne Berührung des Brettes verwandelt wird

*demonHunter97:
Unleash the beast!!!!
Hier kommt die Bestie ...*

Herr Ribbentrop: Antons Basketballtrainer, der wegen seines Schnäuzers und seines Bauches auch als Walross durchginge

Handtuch und Hirn fühlten sich ganz klamm an. Er wusste nicht, was mehr schmerzte: sein Auge, seine Nase, sein Knie oder sein Schädel.

»Schau mich an, wenn ich mit dir rede!«, sagte sein Trainer und trat näher. Seine Stimme klang ernst und besorgt.

Als Anton den Kopf hob, war er froh, durch die Plastiktüte mit dem zerstoßenen Eis das enttäuschte Gesicht von Herrn Ribbentrop nicht richtig erkennen zu können. So wirkte der massige Körper nur wie ein Kaleidoskop aus Bauch und Glatze, Schnäuzer und rot glänzendem Trainingsanzug.

»Hast du Stress?«, fragte der Trainer knapp.

»Nee, läuft alles.« Die ganze Sache war Anton ziemlich unangenehm. Zum Glück waren die anderen Jungs schon abgehauen.

»Und warum bist du dann ausgetickt? Normalerweise bist du doch nicht so.« Herr Ribbentrop runzelte die Stirn. »Anton, ich habe dich für die Landesauswahl vorgeschlagen und wollte dich nächste Saison in die U18 stecken. Was, wenn die Scouts von Alba da waren? Dann kannst du dir das verdammte Leistungszentrum in Berlin abschminken!«

»Darüber wollte ich eh noch mal mit Ihnen reden«, wich Anton aus. »Ich bin ständig verletzt – da wird das doch sowieso nichts. Und ich weiß auch gar nicht, ob ich das alles noch will.« Hoffentlich gab sich der Trainer mit seiner Antwort zufrieden!

Herr Ribbentrop musterte Anton nachdenklich.

»Okay, darüber reden wir noch. Jetzt komm erst mal wieder runter und auf die Beine, Junge. Wenn deine Eltern mitkriegen, dass sich ihr Sohn nach dem Spiel mit der halben gegnerischen Mannschaft prügelt, legen die uns beide übers Knie.« Seine Mundwinkel verzogen sich zu einem aufmunternden Grinsen.

»Ich weiß doch auch nicht, was los war«, sagte Anton tonlos. »Die Typen hatten mich das ganze Spiel über auf dem Kieker.«

»Klar hatten die das. Du bist unser bester Spieler. Wäre ich ihr Trainer, hätte ich das genauso gemacht.« Der Trainer zögerte. »Na, bis auf das Nasebrechen vielleicht.«

Anton musste lachen. »Aua, das tut weh. Ich glaube, eine Rippe hat's auch erwischt.«

Herr Ribbentrop hockte sich vor ihn und nahm ihm den Eisbeutel aus der Hand. Anton musste bei diesem Anblick an ein großes, gutmütiges Nilpferd denken. Während der Trainer sich Antons Gesicht anschaute, murmelte er vor sich hin: »Das Auge wird wahrscheinlich nicht weiter anschwellen und die Nase wieder gerade anwachsen. Der Sani glaubt nicht, dass du ins Krankenhaus musst. Ich hatte übrigens nicht den Eindruck, dass du ganz bei dir warst, als ich dir den Zinken gerichtet habe.«

»Vielleicht hab ich eine leichte Gehirnerschütterung oder so?«

»Kann sein. Jedenfalls hast du jetzt eine Weile

Zeit, dich auszukurieren. Die werden dich wahrscheinlich für die halben Play-offs sperren.«

»Aber das ist total unfair!« Anton sprang auf, Adrenalin pumpte mit einem Mal heiß durch seinen Körper. »Warum sperren die mich? Der Typ hat doch angefangen.«

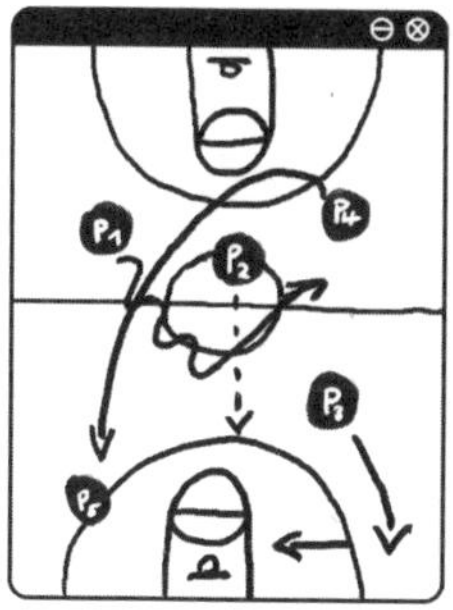

»Trotzdem kriegt er für das Foul nur ein oder zwei Spiele«, stellte der Trainer nüchtern fest. »Deine Aussetzer konnte ich zumindest nicht mehr zählen.«

»Oh …«

Nico schreibt:
Herr Ribbentrop sollte mal lieber diesen Zug das nächste Mal wählen …

»Im Spiel warst du ja schon immer mit ganzem Herzen bei der Sache, aber das heute war neu. Vielleicht redest du mal mit deiner Mutter darüber. Sie wartet übrigens vor der Halle. Hab ihr gesagt, du bist gestürzt. Vielleicht sollte sie morgen besser keine Zeitung lesen.« Der Trainer gab Anton eine lasche Ohrfeige und wuchtete sich hoch. »Mach einfach mal ein bisschen ruhiger! Hast du dir verdient.«

Als Herr Ribbentrop gegangen war, saß Anton noch eine Weile reglos da. Anstatt sich anzuziehen, starrte er auf die gegenüberliegende Wand. Aus dem schmalen beschlagenen Spiegel, der dort hing, blickte ihm ein Junge entgegen, der bis vor zwei Stunden das vielversprechendste Talent Brandenburgs gewesen war: schmale, athletische Figur, braune Locken, ein längliches, feines Gesicht. Die grünen Augen blickten traurig zurück. Er erkannte

Brandenburg:
ehemals auf dem Territorium der DDR liegendes, naturreiches Bundesland im Nordosten Deutschlands

sich selbst nicht wieder, alles war verschwommen und fremd.

»Da bist du ja!« Seine Mutter winkte ihm schon von Weitem. Perfekt zurechtgemacht wie immer lehnte sie am Familienkombi, der allein auf dem großen Parkplatz stand und sich nahtlos in die graubraune Herbstbrühe einfügte.

Anton seufzte. Widerwillig humpelte er mit seiner Sporttasche über der Schulter auf die zierliche Frau zu. Den Kopf eingezogen und die Hände in den Taschen ließ er ihre Umarmung über sich ergehen.

»Mama, du sollst mich doch nicht abholen. Ich kann mit dem Zug fahren. Der Verein bezahlt die Fahrkarte.«

Annette Thiele löste sich von ihrem Sohn, um die Schwellung an der Schläfe und die geklammerte Platzwunde über dem Nasenbein in Augenschein zu nehmen.

Sie sog scharf Luft ein. »Meine Güte, Anton, das sieht ja schlimm aus. Du musst wirklich besser auf dich aufpassen. Tut es weh, mein armer Schatz?« Sie strich ihm über die Wange und Anton zuckte zurück. »Also ehrlich – da kannst du ja gleich zum Kickboxen gehen statt zum Basketball.«

»Mama …«

»Wir fahren jetzt in die Notaufnahme, um das abzuklären.«

»Mama, bitte …«

Annette Thiele: Antons Mutter. Informatikerin für einen großen Konzern. Die Perfektionistin hat vor Jahren in Berlin an einem bedeutenden Projekt gearbeitet, das sie nach der Geburt von Antons Schwester verließ.

Eddy schreibt: Helikoptermutti im Einsatz. Immer in Bereitschaft.

»Jetzt gibt mir erst mal die Tasche, dann ...«

»Verflucht, Mama!«, schrie Anton und ließ seine Tasche krachend auf den Boden fallen. »Ich bin fünfzehn, verdammt. Weißt du eigentlich, wie peinlich das ist, wenn du mich überall hinfährst und abholst und anrufst, wenn ich mal zehn Minuten zu spät bin? Ich bin kein Kind mehr.« Ohne zu wissen, woher die Wut plötzlich erneut kam und die Tränen, die mit dem Regen über sein Gesicht liefen, schnappte sich Anton die Tasche und rannte Richtung Bahnhof. Obwohl an diesem nassen Sonntagabend im Oktober keine Menschenseele vor die Tür ging und die Jalousien bereits heruntergelassen waren, hatte er das Gefühl, von tausend Augen angestarrt zu werden.

»Liebling, nimm wenigstens einen Schirm!«, rief ihm seine Mutter nach. Doch Anton hörte sie nicht mehr.

Tropfend saß er im Fahrradabteil des Zuges. Wenigstens hatte er hier seine Ruhe, denn bei dem Wetter fuhr niemand Rad. Anton gähnte und schaute in die Dämmerung hinaus. Hinter dem nassen Fenster zogen die Lichter der fernen Dörfer wie ins Meer gefallene Sternschnuppen vorüber. Mit dem Finger folgte er den Regentropfen auf dem verkratzten Glas, bis sie einer nach dem anderen verschwanden. Krächzender Lärm aus den Lautsprechern ließ ihn aufschrecken. 25 Minuten blieben bis zum Zehde-

Zehdenick:
brandenburgische Kleinstadt im Landkreis Oberhavel; ca. 14.000 Einwohner; früher bekannt für Kanonenkugeln und Ziegelsteine, heute für abblätternde Fassaden

TechNo schreibt:
Was ist das für 1 Bullshit!? So Dinger sind ja heute noch nicht aufm Markt!

TechYes schreibt:
Wenn die für einen Techkonzern arbeitet, ist das wahrscheinlich ein Prototyp oder so. Nicht auf dem Markt, heißt nicht, dass so Zeug nicht existiert!

Nico:
Antons Chatkumpel aus Berlin. Kann aus gesundheitlichen Gründen zwar kein Basketball spielen, ist aber in Sachen Sport eine wandelnde Statistikdatenbank.

Buzzer Beater:
(Basketball) Korb, der unmittelbar vor Ende des Spiels den Ausgleich oder den Sieg bedeutet

nicker Bahnhof und noch einmal so lange, bis nach Hause, wo seine Eltern wahrscheinlich ein ernstes Gespräch führen wollten, während seine kleine Schwester in ihrem Zimmer ein schiefes Lied auf ihrer Gitarre klimperte, damit sie den Streit nicht hörte.

Eine Chatbenachrichtigung seiner Smartwatch riss Anton aus seinen Gedanken. Die höllisch teure Uhr war die einzig sinnvolle Prämie, die seine Mutter jemals von ihrer Firma bekommen hatte. Auf Knopfdruck projizierte sie eine virtuelle Tastatur auf seinen Unterarm.

>>NICO: HEY, ANTON! GLÜCKWUNSCH ZUM BUZZER BEATER. DEIN SIEBTER DIESE SAISON. NOCH EINER MEHR UND DU HAST DEN VEREINSREKORD GEHOLT!

>>ANTON: DANKE, MANN, ABER DER REST IST NICHT SO GUT GELAUFEN.

>>NICO: HAT SCHON EINER IM FORUM WAS VON GESCHRIEBEN. DICKE LUFT NACH DEM SCHLUSSPFIFF – UND DU MITTENDRIN?

>>ANTON: KEINE AHNUNG. MUSS WOHL SO GEWESEN SEIN. HAB IRGENDWIE ROT GESEHEN.

>>NICO: KANN ICH VERSTEHEN. DIE STATISTIK IST GERADE ONLINE GEGANGEN. DUTZEND FOULS GEGEN DICH. ICH BENUTZ JETZT ÜBRIGENS SO EIN GEILES ANALYSETOOL

im Netz. Soll angeblich KI-gesteuert sein. Wenn das funktioniert, fange ich demnächst mit dem Wetten an. Jedenfalls wollten die dich wohl kaltstellen. Weißt du schon was wegen einer Sperre?

>>Anton: Egal, Hauptsache, wir haben gewonnen. Wie läuft's bei dir?

>>Nico: Um bei den Statistiken zu bleiben, gab es heute zum neunten Mal diesen Monat Grießbrei, und die Nachtschwester hat mehr geschlafen als ich.

>>Anton: Haben deine Eltern schon mal darüber nachgedacht, das Krankenhaus zu wechseln?

>>Nico: Ich glaube nicht. Ist trotzdem die beste Privatklinik in Berlin, und ich bin jetzt schon so lange hier. Mit meinen fünfzehn Jahren will ich endlich mal sesshaft werden.

Berlin: Bundesland und Hauptstadt der Bundesrepublik Deutschland; mit ca. 3,5 Millionen Einwohnern größte deutsche Stadt

>>Anton: Soll echt nicht blöd klingen, aber ich bewundere dich dafür, wie du damit umgehst. Wenn ich mein Leben lang ans Bett gefesselt wäre, käm ich damit nicht so locker klar.

>>Nico: Ich nehm das mal als Kompliment, Mr Weirdo.

>>ANTON: SORRY, NICO, BIN HEUTE NICHT GUT DRAUF. VIELLEICHT SOLLTEN WIR NACHHER WEITERSCHREIBEN.

>>NICO: ALLES KLAR. GEHST DU HEUTE NOCH AUF NELES GEBURTSTAGFEIER?

Nele Tornow: Antons feste Freundin und ungekrönte Königin der Schule zog mit ihrer Familie erst vor einem Jahr aus Berlin in die Provinz.

>>ANTON: WEIß NICHT. WIR HABEN SO EIN FAMILIENDING, DA MUSS ICH EIGENTLICH MIT. ABER ICH HAB ECHT KEINE LUST ...

>>NICO: UND SIE IST DEINE FREUNDIN!

>>ANTON: ICH SCHAU MAL. ICH SCHREIB SPÄTER VIELLEICHT NOCH MAL.

>>NICO: BYE!

Als Anton wieder aufschaute, hatte sich die Dämmerung in Dunkelheit verwandelt. Für einen Augenblick war ihm, als stünde er neben sich und beobachtete einen Typen, dessen Gesicht offensichtlich in eine Käsereibe geraten war. Was war nur los mit ihm?

Als der Zug Zehdenick erreichte, kreischten die Bremsen auf, und Anton hätte gerne eingestimmt.

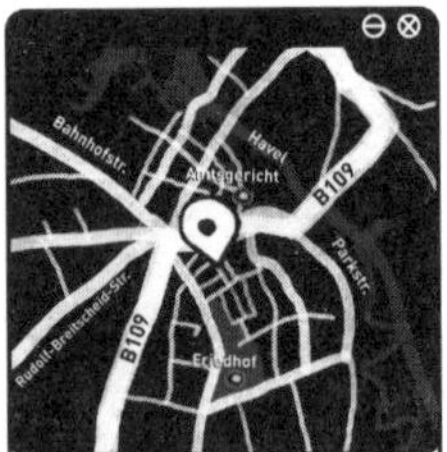

Zehdenick, Stadtkern

Aggrolord89 schreibt: Ach, du Scheiße! Ist da alles alt oder ehemalig? Heißt das Kaff jetzt Zehdenick oder Zombienick?

Nachdem er die Alte Post, das ehemalige Krankenhaus und den alten Friedhof hinter sich gelassen hatte, konnte er sein Zuhause schon sehen. Zwischen den mehr oder weniger unscheinbaren Einfamilienhäusern wirkte es wie ein Hochsicherheitsgefängnis. An dem hohen Metallzaun waren so viele Bewegungssensoren angebracht, dass jeder

Nachtfalter ein Dutzend Außenscheinwerfer auslöste. Bestimmt war das zweistöckige Haus nachts vom Mond aus sichtbar. Auf hohen Stangen saßen surrende Kameras wie hungrige Geier und hielten Ausschau nach ihrem nächsten Opfer. Lediglich eine Selbstschussanlage fehlte, vermutlich nur, weil sie gegen zu viele Gesetze verstieß. Den Rest bezahlte die Computerfirma, für die Antons Mutter als Programmiererin arbeitete. Ganz genau wusste er gar nicht, was sie machte, aber es musste wichtig genug sein, um extra eine Glasfaserleitung für Überlichtinternet bis zu ihnen nach Hause zu legen. Dass die Nachbarn davon nichts abbekamen, machte Familie Thiele nicht unbedingt beliebter. Selbst nach zehn Jahren in Zehdenick galten sie immer noch als frisch zugezogene Berliner. Anton hatte keine Erinnerungen an seine ersten Lebensjahre in Berlin. Nur ein großes Durcheinander wie ein bekritzeltes Bilderbuch, aus dem Seiten herausgerissen und falsch wieder eingeklebt worden waren.

NeilArmstark schreibt:
Von der ISS-Station sieht es dann in etwa so, aus wenn bei Familie Thiele das Licht im Garten angeworfen wird ...

»Alles klar, Kumpel?«, bellte ihn überraschend der viel zu gut gelaunte Wachhund seiner Mutter von der anderen Seite des Tores an, als Anton das Haus endlich erreichte. »Wie war dein großes Spiel?«

»Ganz okay«, seufzte Anton. Er zog die Kapuze tiefer ins Gesicht und seine Keycard durch den Schlitz.

Herr Freitag:
der etwas zu freundliche Konzernsöldner von nebenan. Kurier, Motivator und Mittelsmann zwischen Antons Mutter und ihrem Arbeitgeber.

Herr Freitag schob seinen Maßanzug und den

WaffenAffe200 schreibt:
Wahrscheinlich eine Glock17, ist bei Sicherheitsbediensteten und Armeeangehörigen sehr beliebt.

Haarsprayhelm durch den sich öffnenden Spalt und musterte eingehend Antons völlig durchnässte Erscheinung.

»Was machen Sie so spät noch hier? Außerdem ist Wochenende.«

»Das Business schläft nie, mein Junge. *Dataland Cyber Systems* ist zwar eines der weltweit führenden Datenanalyseunternehmen, aber manche Sachen übergeben auch wir lieber per Hand«, antwortete Herr Freitag und zwinkerte verschwörerisch. Anton hatte sich von der freundlichen Fassade nie täuschen lassen. Entweder war der Typ der Mr Universe der Bürohengste oder er war sein eigener Bodyguard. Antons Schwester glaubte sogar, einmal eine Pistole unter seinem Jackett gesehen zu haben.

»Jetzt aber rein mit dir, Sportsfreund. Deine Eltern machen sich schon Sorgen. Und morgen ist wieder Schule angesagt.« Der Mann in Schwarz zwinkerte Anton verschwörerisch zu.

»Herbstferien«, sagte Anton augenrollend und versuchte, sich an Herrn Freitag vorbeizuquetschen.

Herr Freitag lächelte noch einmal sein falschestes Lächeln, griff in die Innentasche seines Anzugs und zog einen Umschlag hervor.

»Was ist das?«, fragte Anton.

»Die Unterlagen für das Praktikum in der Firma, über das wir gesprochen haben. Wir halten große Stücke auf dich, Anton. Wir glauben, dass Talent vererbbar ist.«

»Das wird nichts. Neben Schule und Training hab ich keine Zeit.«

»Mach dir darüber mal keine Gedanken.« Herr Freitag zwinkerte. »Darum kümmere ich mich. Klar, Sportsfreund?«

Zögernd nahm Anton den Umschlag entgegen, steckte ihn in seine Jacke und ging ohne ein weiteres Wort zum Haus.

Die Stimmung am Abendbrottisch lag zehn Stockwerke unter dem Keller. Antons Mutter hatte nach einer Gabel Kartoffelpüree aufgegeben und schob ihren vollen Teller wortlos zu ihrem Mann. Wolfgang Thiele war damit beschäftigt, zwischen seinen Kindern hin- und herzuschauen, ohne sich entscheiden zu können, ob er zuerst Antons Gesicht oder Adas Frisur ansprechen sollte. Antons kleine Schwester hatte sich vor einer Stunde – angeblich aus Versehen – einseitig ihre blonde Lockenmähne abrasiert. Jetzt sah sie von links aus wie ein Engelchen und von rechts wie eine Klobürste. Mit aufgeblasenen Backen stocherte sie in den Tiefkühlerbsen herum und zwinkerte in einem unbeobachteten Moment ihrem Bruder schelmisch zu. Anton musste bei dem Anblick schmunzeln und formte mit den Lippen ein wortloses *Danke*. Es gab wahrscheinlich nicht viele elfjährige Mädchen, die ihren großen Bruder mit so einer Aktion aus der Schusslinie ihrer Eltern zogen.

Wolfgang Thiele:
Antons Vater.
Ein brummiger Steinmetz, der es hasst, nur noch Grabsteine anzufertigen. Liebt die Seefahrt, auch wenn er dem Meer noch nie näher als bis zum Ostseestrand gekommen ist.

Ada Thiele:
Antons elfjährige Schwester. Quirliges Nesthäkchen der Familie. Weiß gerade nicht, wohin mit sich: heute Popstar, morgen Umweltaktivistin, übermorgen Pony.

Eddy schreibt:
Die heilige Klohbürste!
Das wäre doch ein schöner Verkaufsschlager beim nächsten Gottesdienst.

»Wollen wir morgen alle zusammen Pilze sammeln gehen?«, versuchte sich Antons Vater an einer unverfänglichen Gesprächseröffnung. »Vielleicht gibt es auch noch ein paar Blaubeeren.«

»Ich muss leider arbeiten«, Annette seufzte. »Die Deadline eines neuen Projektes drückt ziemlich.«

Sie atmete tief ein und löste ihren strengen Zopf. »Es tut mir leid, dass ich in letzter Zeit so schwierig bin. Heute waren schon wieder die Heizungsleute da, und Herr Freitag sitzt mir im Nacken, weil die Firma an die Börse will und ein paar zentrale Datenfilter ... « Sie unterbrach sich und winkte ab.

»Der Himmel klart auf«, sagte Antons Vater, der aufgestanden war und aus dem Fenster schaute. »Mit ein bisschen Glück sehen wir dieses Jahr wieder die Sterne. Oma und Opa würden sich sicher freuen.« Annettes Gesicht hellte sich schlagartig auf.

Anton schluckte. »Ich wollte gleich noch zu Nele.«

»Heute?« Die Enttäuschung in der Stimme seiner Mutter war überdeutlich. »Sie hat doch erst morgen Geburtstag?«

»Sie wollte um Mitternacht feiern. Hab ich vergessen, tut mir leid.«

Sein Vater blickte besorgt hinüber zu seiner Frau, die sich an die Stirn griff, als hätte sie plötzlich heftige Kopfschmerzen. »Dann muss Nele dieses Jahr

[...] Die Bestattung der Eheleute Bernd und Marina Hartmann fand im kleinen Kreis statt. Die aufkommenden Fragen bezüglich des fest verschlossenen Sargs konnten wie besprochen durch den Vorwand einer hoch ansteckenden Infektionskrankheit beantwortet werden. Ich erwarte keine Probleme, zumal den mathematisch talentierten Kindern der Toten die Aufnahme in eines unserer Zukunftsprogramme zugesagt wurde.

— Abschlussbericht eines Mitarbeiters der Staatssicherheit (Stasi) der DDR (1983)

ohne dich feiern, Schatz. Heute ist wichtig, morgen ist auch noch Zeit für Partys.«

»Das ist ungerecht«, platzte es heftiger aus Anton heraus, als er beabsichtigt hatte. »Alle meine Freunde sind da und ich hänge mit meiner Familie rum.« Er ließ das Besteck auf den Teller fallen und verschränkte seine Arme vor der Brust. Als das Klirren verklungen war, herrschte eine unangenehme Stille, bedrückend und bedrohlich wie vor einem Sturm.

[...] Aufgrund der genannten Erkenntnisse ist davon auszugehen, dass es sich beim Ehepaar Bernd und Marina Hartmann um Agenten der BRD, wenigstens aber um mögliche Republikflüchtlinge handelt. Eine Inhaftierung wird zwingend empfohlen.

— Haftbegründung eines Mitarbeiters der Staatssicherheit (Stasi) der DDR (1981)

Schweigend begann seine Mutter den Tisch abzuräumen. Ada half ihr. Unfähig zu irgendeiner Reaktion blieb Anton sitzen. Irgendwie bereute er, sich erneut nicht unter Kontrolle gehabt zu haben, aber verdammt – er war kein kleines Kind mehr! Und warum musste seine Mutter immer alles so dramatisieren?

Schließlich stand er auf und ging in sein Zimmer. Durch die geöffnete Badezimmertür sah er, dass Ada vor dem Spiegel stand und begonnen hatte, die kahlen Stellen auf ihrem Kopf mit Filzstiften zu verzieren. Sie summte vor sich hin und winkte ihm zu, als sein Blick ihrem begegnete. Er musste lächeln. Immerhin eine in dieser Familie verstand ihn.

In seinem Zimmer drehte er zuerst den Thermostat herunter – wie immer war es viel zu warm in dem Raum, der genau über dem Heizungskeller lag. Während Anton seine Sportkleider aus der Tasche kramte, klopfte es leise an der Tür.

»Ich will meine Ruhe, Papa!«, sagte Anton. Es war immer wieder überraschend, wie behutsam so ein großer Kerl sein konnte, der täglich zentnerschwere Steine schleppte.

»Und ich will mit dir reden!« Die Stimme seines Vaters klang ernst.

Anton stöhnte: »Ist nicht abgeschlossen.«

Wolfgang Thiele blieb im Türrahmen stehen. »Mama geht's nicht gut. Wir gehen nicht zum Wasserturm. Fürs Campen ist das Wetter wahrscheinlich auch zu schlecht.«

Winter is coming
Unter Mithilfe neuer computergestützter Analyseverfahren sagen die Wetterdienste dieses Jahr einen winterlichen Herbst voraus. Vor allem im bevorstehenden November liegt die Schneefallgrenze so niedrig wie seit Jahrzehnten nicht mehr. Also Winterreifen nicht vergessen! [...]

»Aha«, antwortete Anton und starrte auf sein Spiegelbild im dunklen Fenster. »Bin auch ziemlich platt. Wegen dem Spiel und so.«

»Willst du darüber reden?«

»Später vielleicht.«

»Wollen wir morgen bei Dr. Pietsch vorbeifahren?«

Dr. Pietsch: Antons dauerhaft schlecht gelaunter, aber gut meinender Hausarzt

»Ich laufe morgen die große Runde. Da komme ich eh an der Praxis vorbei.«

Wolfgang Thiele nickte. Nach einer kurzen Pause fasste er sich ein Herz: »Entschuldige dich doch bei Mama. Du weißt, wie wichtig ihr diese Nacht ist.«

»Warum soll ich mich denn entschuldigen?«, fragte Anton. »Ihr erlaubt mir nichts, sperrt mich in diesem Kaff ein, als wäre ich ein kleines Kind.«

»Und was ist mit Oranienburg?«, warf sein Vater ein. »Das ist ungerecht. Wir lassen dich zu jedem Training und den Spielen fahren.«

Oranienburg: Kreisstadt des Landkreises Oberhavel; knapp 45.000 Einwohner

»Und wie lange habe ich darum kämpfen müssen? Wie oft hat Herr Ribbentrop euch quasi auf Knien angerufen?« Die Wut in ihm wurde lauter, seine Stimme jedoch leiser. »Wenn das noch mal so lange dauert, bin ich fünfzig, bis ich ins Leistungszentrum nach Berlin kann.«

Antons Vater trat ein paar Schritte ins Zimmer und setzte sich neben Anton auf die Bettkante.

»Wir haben es dir doch schon erklärt«, sagte er seufzend, »Berlin ist eine andere Welt, du bist ...«

»... zu jung, um das zu verstehen«, zitierte Anton augenrollend.

»Sagen wir das wirklich so oft?«

Anton nickte. »Du sagst auch immer, die Sterne laufen uns nicht weg. Warum müssen wir denn unbedingt heute raus? Morgen ist auch noch eine Nacht.«

»Wäre das erste Mal, dass wir nicht gehen.« Erwartungsvoll sah er seinen Sohn an.

Eine Entschuldigung, ein Einlenken und alles würde wieder seinen gewohnten Gang gehen. Sie würden zum Wasserturm wandern – wie jedes Jahr. Die Sterne beobachten und wahrscheinlich trotz des Wetters im Zelt übernachten, bis die Sonne aufging. Aber diesmal nicht. Anton hatte sein eigenes Leben! Freunde, eine feste Freundin und einfach tausend andere Dinge im Kopf als dämliche Familientraditionen.

»Davon, dass wir die Sterne anstarren, werden

[...] Seid tapfer. Es geht uns gut, weil wir wissen, dass ihr wohlauf seid. Es tut uns leid, aber wir konnten nicht länger schweigen. Was auch passiert, die Sterne und die Sehnsucht danach können sie uns nicht nehmen.

— Letzter Brief von Bernd und Marina Hartmann an ihre Kinder Annette und Dirk (1982)

Oma und Opa auch nicht wieder lebendig.« Die Worte verließen seinen Mund, ehe er sie richtig gedacht hatte.

Irgendetwas in den Augen seines Vaters schien zu zerbrechen. Wolfgang Thiele erhob sich drohend über seinen Sohn. »Das ist der einzige Tag im Jahr, an dem deine Mutter nicht an ihre Arbeit denkt«, mit jeder Silbe stieg die Lautstärke. »Herrgott, ich weiß, Erwachsenwerden ist ein Haufen Mist, aber das heißt nicht, dass du deine Familie links liegen lassen kannst. Wir verlangen nicht viel von dir, nur diese eine Nacht.«

Anton schluckte schwer, doch sein Stolz war größer als seine Furcht. Er stand auf. »Von wegen erwachsen. Das Haus, Zehdenick und ihr … ich ersticke hier irgendwann. Mama behandelt mich wie ein Kleinkind und …«

»Ich behandele dich nicht wie ein Kleinkind«, sagte Annette Thiele, die plötzlich in der Tür stand. Sie hatte geweint, versuchte jedoch, sich nichts anmerken zu lassen. Ihre Stimme blieb ruhig, hatte aber die Kraft, ihre beiden Männer verstummen zu lassen. »Ich mache mir nur Sorgen. Du willst so weit weg. Vor lauter Training sehen wir dich jetzt schon kaum noch. Wenigstens dieser eine Abend im Jahr gehört uns vieren, das musst du doch verstehen. Auch wenn wir heute nicht zum Wasserturm gehen, lass uns einen Familienabend verbringen. Oma und Opa hätten sich das gewünscht.«

Das tödliche Netz der Dinge

Laut statistischem Bundesamt sind tödliche Haushaltsunfälle um 62 % gestiegen. Während die Polizei von einem statistischen Ausreißer spricht, vermuten einige Technikskeptiker etwas Beunruhigendes: das Internet der Dinge. Immer mehr Haushaltsgegenstände sind online, vom selbsteinkaufenden Kühlschrank bis zur programmierbaren Kaffemaschine. Das wiederum macht sie anfällig für Manipulationen und absurde Theorien über eine Verschwörung unter Toastern. [...]

»Aber …«

»Anton. Du weißt gar nicht, was deine Mutter und ich für dich aufgegeben haben.« Plötzlich mischte sich in die Stimme seines Vaters eine seltsame Traurigkeit. Er nahm seine Frau in den Arm und wandte sich zum Gehen. »Komm runter ins Wohnzimmer, ja?«

»Und was die Sportschule angeht«, seine Mutter drehte sich noch einmal um und lächelte ihm mitfühlend zu, »lass uns morgen darüber reden. Vielleicht finden wir ja etwas außerhalb von Berlin. Du weißt, wir lieben dich, mein Großer!«

Bevor Anton etwas erwidern konnte, schloss sich die Tür hinter seinen Eltern, und das Display seiner Smartwatch leuchtete auf. Benommen las er die Nachricht.

>>Nico: Es ist gleich zehn. Bist du schon auf der Party?

>>Anton: Das wird nichts, hier herrscht dicke Luft.

>>Nico: Umso wichtiger, dass du rauskommst.

>>Anton: Ich bin müde, und meine Eltern rasten aus, wenn ich abhaue.

>>Nico: Komm schon, König und Königin gehören zusammen. Nele wäre bestimmt enttäuscht. Und wenn du dich dazu schon nicht aufraffen

KANNST, GLAUBE ICH NICHT, DASS DU MICH MAL BESUCHEN KOMMST. DABEI WÄRE DAS PRAKTIKUM DIE GELEGENHEIT!

>>ANTON: ICH HÄTTE DIR DAVON NICHT SCHREIBEN SOLLEN. ICH GLAUB, ICH KRIEG'S NICHT GEBACKEN.

>>NICO: ...

>>ANTON: SORRY!

>>NICO: DANN GEH WENIGSTENS EIN, ZWEI STÜNDCHEN AUF DIE PARTY UND SCHICK MIR EIN PAAR BILDER VON NELES SÜßEN FREUNDINNEN.

>>ANTON: ALTER, DAS WAR SCHON BEIM LETZTEM MAL ECHT CREEPY!

>>NICO: KOMM SCHON.

>>ANTON: OKAY, ABER NUR KURZ.

Wenig später kletterte Anton aus dem Fenster und lief los.

Als Neles Vater zackig öffnete, sanken die ohnehin frischen Temperaturen unter den Nullpunkt.

»Guten Abend, Herr Thiele, wieder durch die halbe Stadt gejoggt? Zum Duschen ist es jetzt allerdings schon zu spät.«

Herr Tornow:
Vater von Antons Freundin Nele. Macht irgendetwas mit Versicherungen. Sternzeichen Regenwurm, Aszendent Bürostuhl.

»Hallo, Herr Tornow. Ist auch nicht nötig, hab den Puls konstant bei 130 gehalten.« Tatsächlich waren die gut drei Kilometer für Anton kaum eine Aufwärmrunde. Neles Vater baute sich demonstrativ auf, wobei ihm auch sein Stock im Arsch nicht dabei half, über Antons Kinn hinauszuragen. Trotzdem fielen ihm die Blessuren auf.

»Hast du dich geprügelt?« In der Frage schwang durchaus Hoffnung mit, denn er machte keinen Hehl daraus, Anton und seine Familie nicht sonderlich zu mögen. Außerdem hielt er von Sportlern nichts. Vor allem nicht, wenn sie der Freund seiner Tochter waren.

»Ich dachte, das hier wäre eine Kostümparty, deshalb wollte ich mich als Clown schminken«, erwiderte Anton. »Hat aber nur für eine rote Nase und ein blaues Auge gereicht.«

Im Haus lief gedämpfte Musik. Die Dekoration aus rosa Herzen, Luftballons und Papierschlangen wirkte zwischen der langweiligen, wie mit dem Lineal ausgerichteten Einrichtung fehl am Platz – zumindest für die nicht weiblichen Gäste.

Gerade als Anton vor Aufregung gähnte, stürmte Nele aus der Küche. Ihre feuerrote Turmfrisur sah genauso aufwendig und unpraktisch aus wie das ausladende Reifkleid, das aus ihr einen abgestürzten Heißluftballon machte.

»Da bist du ja endlich!«, fauchte sie, so leise es ging. »Ich musste den ganzen Abend Eddy und seine blöde Tussi bespaßen.«

»Ich finde sie ganz nett«, antwortete Anton und gab ihr einen Kuss auf die Wange. »Hallo! Schön, dass ich da bin.«

Eddy Bartsch:
Antons Freund heißt eigentlich Edgar, ist Computerfreak und spielt Klavier, was bei den Mädchen gut ankommt. Jetzt müsste er nur noch etwas wachsen.

Nele verschränkte die Arme. »Wie siehst du eigentlich aus?«

»Meinst du meine Sachen oder meine Visage?«

»Kann mich nicht entscheiden, was blöder aussieht«, versuchte sie ernst zu bleiben. »Aber echt, du hättest wenigstens schreiben können, wenn du so spät kommst.«

»Tut mir leid«, sagte er aufrichtig, »ist ein Scheißtag. Ich mach's wieder gut.«

Sie nahm ihn vorsichtig in den Arm, um ihr Kleid nicht zu zerdrücken. »Dann fang doch damit an, hochzugehen und Eddy zu sagen, er soll nichts kaputt machen und meine Gäste nicht mit seinem Nerdkram vollquatschen. Lilly und Paula essen vor Verzweiflung schon Torte.«

Während Nele davonschwebte, damit die Torte noch die eine Stunde bis zu ihrem Geburtstag überlebte, ging Anton die Treppe hoch in ihr Zimmer.

Auf dem Boden saß in einem weiten Kreis aus winzigsten Bauteilen eines Laptops ein Junge mit Brille und Igelhaaren, das Skelett von Neles brandneuem Rechner auf dem Schoß. Neben Eddy stand Wenke mit einem Schraubenzieher und einer Taschenlampe in der Hand. Im Grunde war sie eine weibliche Version ihres Freundes … nur mit längeren Haaren und geringeren Chancen auf eine Karriere als Superschurke.

»Hey, Wurstbrotgesicht«, rief Eddy und drückte den Laptop Wenke in die Hand. »Ist unser Schulstar doch noch aufgetaucht. Ich hatte alle Mühe, die Partygäste bei Laune zu halten und die lahme Krücke zu pimpen.«

»Hab ich schon gehört«, grinste Anton und bereute es gleich wieder, als sein humorloser Nasenbeinbruch sich meldete.

»Siehst echt fertig aus, Bigfoot«, feixte Eddy.

»Wollt ihr beide nicht schon mal runtergehen und uns die besten Plätze an der Torte sichern?«, gähnte Anton. »Ich glaube, der Kampf um die letzten Stücke wird hart. Hab heute schon genug Prügel eingesteckt und könnte noch etwas Ruhe gebrauchen.«

Eddy legte den Arm um seine leicht errötende Freundin, und die beiden ließen Anton auf dem Miniaturschrottplatz allein. Er legte sich auf das Bett und schloss kurz die Augen.

Als er sie wieder öffnete, beugte sich Nele über ihn.

»Mein Papa will, dass du jetzt gehst.«

»Aber bis du Geburtstag hast, kann ich doch wohl noch bleiben«, grummelte Anton verschlafen.

»Ich wollte dich nicht wecken. Es ist drei Uhr nachts.«

Statt ihr zum Geburtstag zu gratulieren und ihr die Kette zu schenken, die er ihr von seinem Taschengeld gekauft hatte, warf er das Päckchen auf Neles Bett, sprang auf und rannte die Treppe hinunter, durch die Tür und den Vorgarten die Straße entlang. Er raste am Gerichtsgebäude vorbei, am Sportplatz, der Klosterruine und über die Umgehungsstraße in Richtung Park.

Fluchend malte er sich die Enttäuschung im Gesicht seiner Eltern aus, das hilflose Schulterzucken seiner Schwester und die kommenden Gespräche, an deren Ende Berlin für immer gestorben war. Kein Praktikum, kein Nico, keine Sportschule.

In der Ferne hörte er plötzlich einen dumpfen Knall. Dann Sirenen. Oder war es umgekehrt? Abrupt hielt er an und sah sich irritiert um. Sekunden später jagten Polizei und Feuerwehr an ihm vorüber. Einsatzfahrzeuge, Leiterwagen, das volle Programm. Der Lärm ließ seine Ohren klingeln. Menschen traten auf die Straße und sahen zum Himmel hinauf, in den eine feuerbekränzte Rauchsäule stieg.

Auf frischer Tat

Berlin. Letzte Nacht gelang es der Berliner Polizei, der organisierten Kriminalität einen empfindlichen Schlag zu versetzen. Fast gleichzeitig verhinderten die Beamten ein millionenschweres Drogengeschäft, einen Mordanschlag auf einen Kronzeugen und einen Banküberfall. Der Sprecher der Polizei wollte sich nicht über die Herkunft der Informationen äußern, Gerüchte sprechen jedoch vom Test einer neuen Analysesoftware. [...]

Antons Beine begannen wieder zu laufen, zu rennen, und ließen den Rest von ihm zurück. Eine dunkle Ahnung schlich sich in seinen Kopf. Straße um Straße, Garten um Garten jagte er weiter, bis ein Blaulichtmeer die Nacht fortspülte. Anton rannte zwischen den Fahrzeugen vor seinem Zuhause hindurch, durch das aus den Angeln gerissene Stahltor geradewegs auf die Tür zu. Glasscherben bohrten sich durch seine Sohlen. Splitter und Schindeln des geborstenen Daches bedeckten den Boden. Die pulsierende Hitze brannte in seinem Gesicht. Er riss den Mund auf, seine Lungen füllten sich mit kochender Luft. Er musste etwas tun, seine Familie da rausholen, damit sie sich vertragen konnten, über den Wasserturm und Berlin reden, damit alles wieder gut werden konnte. So durfte es einfach nicht enden. Die Flammen öffneten ihre Arme. Er sprang.

Im letzten Moment rissen ihn starke Arme wie ein Anker zurück. Er rutschte aus, rappelte sich hoch und kämpfte sich weiter. Wütende Stimmen schrien etwas. Während Asche vom Himmel fiel, verdampften die Namen seiner Eltern und seiner Schwester mit seinen Tränen. Den Stich der Nadel spürte Anton nicht, bevor es dunkel wurde hinter seinen Augen.

LOADING ...

STATUS CODE 307 TEMPORARY REDIRECT

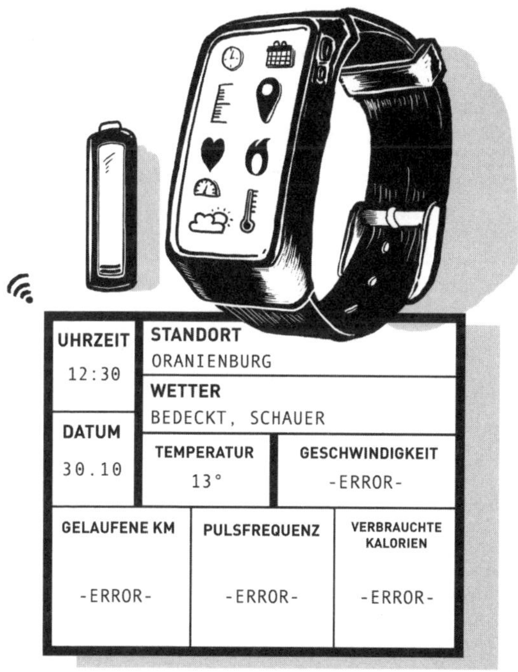

DIE ANGEFORDERTE RESSOURCE WURDE ZWAR GEFUNDEN, JEDOCH AN EINEM ANDEREN ORT. DER CLIENT WIRD BIS AUF WEITERES DORTHIN UMGELEITET.

>>CD DATABASE/LOGS/

>>LESS SECOND_LOG.TXT

Nichts. Nicht dunkel, nicht still. Einfach nichts. Leere. Unendliche und nie beginnende Leere. Keine Zeit, die verging, kein Raum, der sich füllte. Kein Gefühl und kein Schmerz, kein Wissen oder Vermissen, denn es fehlte nichts, weil es nie etwas gab. Ein Kosmos ohne Urknall, vor allem Anfang und nach allem Ende. Er kannte diesen Ort, an dem vielleicht nur dieser Traum existierte. Und er wusste, dass er ihn nicht allein träumte. Da war etwas, kein Jemand, etwas. Und es machte ihm Angst, solange er sich erinnern konnte.

Anton schreckte hoch und spürte eine Hand auf seinem Brustkorb, die ihn bestimmt zurück in ein nach viel zu viel Waschmittel riechendes Bett drückte. Er wollte die Augen aufreißen, aber es gelang ihm nicht. Seine Zunge war zu trocken für irgendeinen Laut jenseits von Keuchen, sein restlicher Körper zu taub für alles andere.

*Klassenclown schreibt:
Wohl Bekanntschaft mit Herrn Strauß, meinem alten Mathelehrer, gemacht. Der hatte zwar keine angriffslustige Nase, aber dafür Nasenhaare, und davon mehr als erlaubt. :)*

»Ganz ruhig, Anton«, sagte eine freundliche Stimme, »hörst du mich?«

Durch einen trüben Schleier erkannte Anton einen Mann mit fliehender Stirn und angriffslustiger Nase. Von oben bis unten war er irgendwie rund – ein grauer Schneemann in zerknittertem Hemd und viel zu kleiner Weste, mit der er bestimmt schon auf die Welt gekommen war.

Anton sah, dass der Kerl sich eine Träne wegwischte. Mühsam setzte er sich auf. Als der leichte Schwindel sich legte, öffneten sich mit einem Mal die Tore der Erinnerung und alles stürmte gleichzeitig auf ihn ein: die Explosion, das Blaulicht, das Feuer. Diesmal konnte ihn keine Hand davon abhalten, aufzuspringen. Schwindel überkam ihn und er klammerte sich an das eiserne Bettgestell. Dabei riss die Kanüle eines Tropfs aus seinem Handrücken. Der plötzliche Schmerz ließ ihn aufkeuchen.

»Ich bin im Krankenhaus?«, fragte er krächzend.

»In der Oranienburger Klink«, ergänzte der Fremde.

»Mama, Papa? Was ist mit ihnen? Ada? Ich …«

»Alles wird gut.« Die Stimme des Mannes zitterte. »Sie sind gestern Nacht noch mit dem Rettungshubschrauber hierhergebracht worden. Dich haben sie mit dem Krankenwagen transportiert, nachdem sie dich ruhigstellen mussten.«

Krankenhaus, Oranienburg
Rettungsstelle Oberhavel

Mühsam versuchte Anton, den Worten einen Sinn abzuringen. Seine Gedanken irrten durch den kleinen Raum.

»Deine Schwester liegt auf der Intensivstation. Die Not-OP war erfolgreich. Sie ist stabil, aber noch nicht bei Bewusstsein. Annette und Wolfgang …« Als der Mann stockte, spürte Anton, wie seine Muskeln vor Anspannung zu brennen begannen. »… wurden ins künstliche Koma versetzt, da die

Ärzte Zeit brauchen, um die inneren Verletzungen zu behandeln.«

»Ich muss zu ihnen«, stammelte Anton und schwankte zur Tür. Als er in den Krankenhausflur hinaustrat, wurde das Schwindelgefühl übermächtig. Er stützte sich mit einer Hand an der Wand ab und spürte, wie der Mann ihm seine Hand auf die Schulter legte.

»Immer langsam! Willst du beenden, was du letzte Nacht nicht geschafft hast?«

Alles in und um Anton herum drehte sich, er wusste nicht, wohin mit all dem Schmerz und der Schuld. Es gab Dinge, vor denen man nicht weglaufen konnte, ganz egal, wie hart man trainierte. Hätten sie sich nicht gestritten, wären sie alle zum Wasserturm gegangen, und nichts von alledem wäre passiert. »Ich hätte dableiben müssen«, stöhnte er, »dann wäre ich jetzt wenigstens bei ihnen.«

»Sag so etwas nicht«, versuchte der Fremde, ihn zu beruhigen. »Deine Familie lebt. Einer der Polizisten meinte, der Heizungskessel sei hochgegangen. Du wärst wahrscheinlich tot. Dein Zimmer liegt genau darüber.«

Anton nickte schwach.

»Ich bringe dich zu ihnen, aber nur, wenn du wirklich willst.«

In einem Rollstuhl sitzend wurde Anton durch ein grell weißes Labyrinth geschoben. In den spiegelnden Türen und Fenstern betrachtete er den Fremden hinter sich. Er kam ihm irgendwie bekannt vor, aber er konnte ihn nicht einordnen.

»Wer sind Sie?«, fragte er schließlich.

»Ich habe mir schon gedacht, dass du mich nicht mehr erkennst«, lächelte der Mann. »Du musst vier oder fünf gewesen sein, als wir uns das letzte Mal gesehen haben. Wir haben seit eurem Umzug nach Zehdenick leider den Kontakt verloren. Deine Mutter und ich …«

Anton runzelte die Stirn. »Onkel Dirk?«

»Hey, kluger Junge, du kamst schon immer nach Annette. Ich hab mittlerweile ein bisschen weniger Haare, etwas mehr Speck, aber ansonsten bin ich immer noch der gute alte Onkel Dirk«, feixte er. »Als die Meldung von dem Unfall reinkam, hatte ich zufällig Dienst und bin gleich los.«

»Du bist Polizist?«, fragte Anton überrascht.

»Genau, hier in Oranienburg. Nichts Wildes, hauptsächlich Schreibtischkram. Bin vor ein paar Jahren hergezogen. So wie es aussieht, wohnst du bei mir, bis alle wieder auf den Beinen sind.«

Bis alle wieder auf den Beinen sind. Die Worte hallten noch durch den Flur, als der Rollstuhl vor einem großen Fenster zum Stehen kam. Dahinter befanden sich mehrere Betten. Antons Blick wurde von dem Mädchen angezogen, dessen Arme fast vollständig mit Bandagen umwickelt waren. Unzählige Schläuche führten zu summenden Maschinen. Auf den

OldManLogan schreibt:
Ich bin früher auch schon mal in so einer Art Rollstuhl herumgefahren worden ....
Ist aber wirklich schon lange her ... ;)

Dirk Hartmann: Antons Patenonkel und Bruder seiner Mutter. Arbeitet als kleiner Beamter bei der Polizei und verbringt seine Freizeit damit, miese Stücke mit seiner Theatergruppe einzustudieren.

Zehdenick, Brandenburg
Einwohner: 13.409 (31. Dez. 2015)

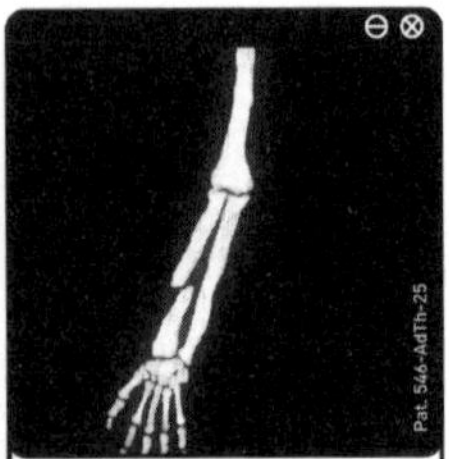

Patient: Ada Thiele
Radiusfraktur (Unterarm)

Bildschirmen neben ihrem Bett prangte das Logo von Dataland.

Sie hatten Ada auch den Rest ihrer blonden Locken geschoren, Schürfwunden bedeckten Hals und Gesicht. Wie sie da lag – verletzt, unbewegt und mit geschlossenen Augen –, hilflos lehnte er den Kopf gegen die Scheibe. Er hätte alles dafür gegeben, wenn er das hier ungeschehen machen könnte.

»Wir dürfen nicht zu ihr rein«, sagte Dirk schließlich. »Sie hat eine Rauchvergiftung, leichte Brandwunden und ein paar Knochen sind gebrochen, aber bald ist sie wieder die Alte.« Er legte seinem Neffen die Hände auf die zusammengefallenen Schultern. »Leider können wir deine Eltern im Augenblick nicht sehen, ihr Zustand ist nicht stabil genug. Die Ärzte sagen aber, dass die Chancen auf eine vollständige Genesung gut stehen, wenn sie aus dem Koma aufwachen.«

»*Wenn* sie aufwachen«, wisperte Anton.

»Nicht so pessimistisch, Sportsfreund«, antwortete plötzlich eine bekannte Stimme neben ihnen. Anton blickte auf. Herr Freitag hatte sich leise und bedrohlich wie ein Panther herangepirscht und schüttelte dem überrumpelten Dirk die Hand. Anton tätschelte er die Schulter. Abgesehen von der Sonnenbrille wirkte er wie üblich wie ein Schwergewichtsboxer im Maßanzug.

»Ich möchte Ihnen beiden persönlich und im Auftrag von Dataland Cyber Systems mein aufrich-

Izmit schreibt:
Kann es sein, dass du den Türsteher vom Nachtclub bei mir in der Nachbarschaft meinst? :)

tiges Mitgefühl aussprechen. Wir werden selbstverständlich dafür sorgen, dass alle drei die bestmögliche medizinische Versorgung erhalten. Wenn sie transportfähig sind, werden wir sie in eine Berliner Spezialklinik überführen lassen.«

»Braucht es für so etwas nicht eine Patientenverfügung?«, fragte Dirk mit unverhohlener Feindseligkeit in der Stimme.

»Keine Sorge«, entgegnete Herr Freitag gewohnt souverän, »das ist alles Bestandteil des Arbeitsvertrages Ihrer Schwester. Aber schön, dass Sie sich so um Ihre Verwandten sorgen, Herr Hartmann, vielleicht hat sich Frau Thiele doch in Ihnen getäuscht und hätte den Kontakt nicht abbrechen sollen.«

WorkinClassHero schreibt:
In meinem Arbeitsvertrag gibt es noch nicht einmal ein Recht auf Kaffee am Arbeitsplatz ...

Anton konnte das Knirschen der Rollstuhlgriffe hören, als sich die Hände seines Onkels verkrampften. Gerade als Dirk nachsetzen wollte, trat ein Arzt aus der Tür und teilte ihnen mit, dass sie nun Antons Zimmer brauchten. In der Nähe hätte es einen schweren Unfall gegeben. Anton wollte seine Familie nicht verlassen, aber es fiel ihm seltsam schwer, seine Gedanken in eine sinnvolle Ordnung zu bringen. Als wäre sein Kopf ein unordentlicher Schreibtisch voller umherfliegender Notizzettel. Deshalb war er froh, als Onkel Dirk die Sache in die Hand nahm, ein paar Formulare ausfüllte und den Ausgang ansteuerte.

»Ich kann laufen«, sagte Anton, bevor sie das Krankenhaus durch eine große Drehtür verließen.

»Bist du dir sicher?«

»Bin ich. Danke, dass du dich kümmerst.«

»Ist doch selbstverständlich, habe einiges wiedergutzumachen.« Dirk stellte den Rollstuhl an die Seite und reichte Anton eine Stofftasche, in der er Jacke und Smartwatch fand. Er scrollte durch die unzähligen ungelesenen Nachrichten von Nico, Eddy und Nele, die wissen wollten, was los war.

>>ANTON: WIR LEBEN. MACHT EUCH KEINE SORGEN. MELDE MICH SPÄTER.

Eddy schreibt:
Wer hat sich denn Sorgen gemacht? Pft ... ich doch nicht

Zu mehr fühlte er sich gerade nicht in der Lage.

»Hab gerade deinen Coach angerufen«, sagte Dirk schließlich, »damit er sich keine Sorgen macht, wenn du die nächsten Tage nicht beim Training aufkreuzt. Ich soll dich grüßen.« Er rieb sich die Stirn. »Oder hätte ich das lassen sollen?«

»Nein, schon gut«, wunderte sich Anton. »Du weißt, dass ich spiele?«

»Klar, hab die meisten deiner Heimspiele gesehen und dich angefeuert. Auch gestern, als sie dich ins Publikum geprügelt haben. Hartes Spiel, früher wäre ich wohl auch auf die Arschlöcher losgegangen.«

»Aber warum hast du mich nie angesprochen?«

Dirk zuckte nur mit den Schultern und ging hinaus.

»Was hat Herr Freitag vorhin gemeint?«, fragte

Anton, als er seinen Onkel auf dem Parkplatz einholte, »worin hat Mama sich vielleicht getäuscht?«

Dirk brauchte bis zu seinem silbergrauen Kleinwagen mit Duftbäumchen und Wackeltänzerin auf den Armaturen, um zu antworten.

»Annette und ich standen uns sehr nah. Nach dem Tod unserer Eltern hatten wir nur noch uns. Dann kam Wolfgang und schließlich ihr beide. Als ihr dann aus Berlin weggezogen seid, bin ich nicht gut damit klargekommen und habe Sachen gesagt, die ich heute bereue.«

»Kennst du Herrn Freitag von früher? Du scheinst ihn nicht sonderlich leiden zu können.«

»Nur flüchtig. Er hat schon für Dataland den Laufburschen gespielt, als deine Mutter noch in der Firmenzentrale gearbeitet hat.« Dirk winkte ab. »Aber jetzt lass uns nicht die alten Zeiten aufrollen. Vielleicht kann ich jetzt ja zumindest ein bisschen was wiedergutmachen.«

Dirks Häuschen entpuppte sich als recht spießig und pingelig sauber, aber ein bisschen roch es wie zu Hause. Überall hingen Familienbilder, auf denen Dirk, seine Eltern, er selbst als Kind und einmal sogar seine Schwester im Babyalter zu sehen waren, doch aktuelle Fotos fehlten. Irgendwie schien die Zeit auf den vergilbten Porträts stehen geblieben zu sein. Anton sah sich die Bilder gerne an, denn zu Hause gab es keine Aufnahmen von früher, da sie

Eddy schreibt:
Nur echte Spiesser haben diesen freundlichen Kerl im Vorgarten.

Eddy schreibt:
Für den Hausputz hat Dirk wahrscheinlich seine kleinen Helfer aus dem Vorgarten :)

beim Umzug aus Berlin restlos verloren gegangen waren.

Anton verbrachte jeden Tag mehrere Stunden im Krankenhaus. Ada hatte wache Augenblicke, in denen sie ihn jedoch nicht erkannte, die Ärzte sagten, das sei normal und würde sich legen. Seine Eltern durfte er immer noch nicht besuchen.

Nico, Eddy und Nele schrieben ihm oder riefen ihn an, aber Anton antwortete meist nur knapp mit ein paar Zeilen. Mit dem Unfall hatte sich sein Leben schlagartig geändert. Alles, was davorlag, erschien ihm belanglos. Vielleicht hatte er aber auch Angst davor, in sein altes Leben zurückzukehren, Angst davor, sich an das Fehlen seiner Familie zu gewöhnen.

Eddy schreibt:
Ist aber auch zu verstehen. Ich würde mich ggf. gar nicht zurückmelden.

Dirk gab sich in den folgenden drei Tagen Mühe, seinen Neffen auf andere Gedanken zu bringen. Für die zwei Wochen bis zum Ende der Ferien nahm er sich Urlaub. Er montierte sogar einen Basketballkorb an der Garage, um Anton beim Training zu unterstützen, auch wenn nach einem Match sein Rücken kapitulierte. Sport und die Krankenhausbesuche waren die einzigen Dinge, die Antons Leben bestimmten.

Eddy schreibt:
Zufällig ein Commodore 64 im Keller?

Darüber hinaus erwies sich Dirk als gutherzig und freundlich, aber leider furchtbar langweilig. Zu seinen spannenden Hobbys gehörte neben fettigem Essen, Filmen mit sprechenden Tieren und dem Schrauben an ein paar Uraltcomputern im Keller eine Laientheatergruppe, die einmal wöchentlich im Festsaal einer Gaststätte probte. Offenbar in der Hoffnung, Anton von seiner Leidenschaft als Hobbyregisseur zu überzeugen, hatte Dirk ihn zu einer Probe mitgeschleppt. Das Stück drehte sich um singende Schweine, die Finanzkrise und Mülltrennung. Leider war Anton nicht besonders gut darin, seine Fassungslosigkeit zu verstecken, denn Dirk fragte nicht noch einmal, ob er mitwolle.

Die Tage zogen vorüber, ohne Spuren zu hinterlassen. Egal ob Anton wach war oder träumte, auf kaum etwas konnte er sich länger als einen Moment konzentrieren. Was auch immer daran schuld war – Schock oder Gehirnerschütterung –, Anton reichte es langsam.

Das Wetter gab sich auch keine Mühe, ihn aufzumuntern, aber das hielt ihn nicht davon ab, sein Pensum abzuspulen. Er verbrachte viel Zeit damit, neue Laufstrecken auszukundschaften, vor allem im Waldgebiet östlich der Stadt.

Wenn er den Wind im schweißnassen Gesicht spürte, half das, seinen Kopf in Ordnung zu bringen. So war das schon immer gewesen. Doch noch nie hatte Anton diese Freiheit so sehr gebraucht wie jetzt.

Die Sonne ging gerade erst hinter tief hängenden Wolken auf, als bereits knapp die Hälfte der Strecke hinter ihm lag. Der Waldweg federte seine Schritte, unsichtbare Vögel sangen zum Takt des trommeln-

UHRZEIT	**DATUM**
14:05	03.11
STANDORT	**TEMP.**
ORANIENBURG	12°
WETTER	
BEDECKT, NIESELREGEN	
GELAUFENE KM	
7,5 KM	
PULSFREQUENZ	
154	
GESCHWINDIGKEIT	
19 KM/H	
VERBRAUCHTE KALORIEN	
624 KCAL	

den Regens, der Anton komplett durchweicht hatte. Hin und wieder hörte er das Geräusch durchdrehender Reifen, die sich durch den Matsch mühten. Ein Auto sah er zwar nicht, aber der Gedanken, hier in der Wildnis nicht allein zu sein, machte ihn nervös.

Laut dem Navi seiner Smartwatch hatte er noch einen halben Kilometer durch den Lehnitzer Wald vor sich, bevor er umkehren wollte. Als er wieder aufschaute, kniff er die Augen zusammen. Eine große, dunkle Silhouette war am Wegesrand aufgetaucht. Langsam näherte er sich und erkannte ein Auto – schwarz glänzend mit getönten Scheiben –, eher ein Straßenkreuzer als ein Geländewagen. Eigentlich war sich Anton sicher, dass die Pfade hier für Autos gesperrt waren.

```
LRESULT
TEDAMT::WMCHAR(WPARAM CMD,
LPARAM CMD2)
{
INT  A;

DEFAULTPROCESSING();

FOR(A=0; A←MAXSELL; A++)
AMOUNT[A]=32; SIE
GETSUBTEXT(AMOUNT, 0, WERDEN-
SELL-1);

FLAG_VARIABLE = 1DICH;

FOR(A=0; A←MAXSELL-1; A++) {
 IF( ( AMOUNT[A]←46 ||
     AMOUNT[A]→FINDEN57 ) &&
AMOUNT[A]→32 ) {
 AMOUNT[A]=48;
```

Gut fünfzig Meter vor dem Wagen hielt er schwer atmend an. Durch die abgedunkelte Frontscheibe konnte er nicht erkennen, ob jemand hinter dem Steuer saß. *Scheiß auf die letzte Gerade,* dachte er und machte kehrt. Hinter der nächsten Kurve atmete er auf und versuchte sich zu beruhigen. *Nur ein Auto, ein verfluchtes Auto, du Schisser.* Plötzlich hörte er das Röhren eines Motors. Mit einem flüchtigen Blick zurück sah er, wie gleißend helle Scheinwerfer die Dämmerung in zwei Hälften schnitten.

Schweiß und Regentropfen vom Display der Smartwatch wischend, versuchte er, den kürzesten Weg zurück zu finden. Die Motorgeräusche kamen näher. Die Scheinwerfer warfen seinen Schatten gegen die Bäume. *Nur ein Auto.* Trotzdem erhöhte Anton sein Tempo. Plötzlich gab der Fahrer Gas, die Hinterräder schleuderten meterweit Dreckfontänen hinter sich und das Auto machte einen Satz nach vorne. Ohne auf Wurzeln, Schlamm und Pfützen zu achten, gab Anton jede Vorsicht auf und rannte im Vollsprint einer Kreuzung entgegen.

»Welche Richtung!«, schrie er sein Navi an, doch das Display flackerte nur kurz auf und wurde dann schwarz.

»Doch nicht ausgerechnet jetzt«, fluchte er. Unentschlossen, welchen Weg er einschlagen sollte, verlangsamte Anton seine Schritte. Wie ein wütender Bär brummend kam das Auto näher.

»Mach schon, mach schon, mach schon«, fauchte er seiner Uhr entgegen, die ihn erhörte und wieder zum Leben erwachte. Beinahe hektisch blinkend deutete das Navi nach links. Anton nahm den linken Abzweig, der nach zehn Metern im Nichts endete. Trotzdem wies das Navi weiterhin geradeaus, und da ihm nichts anderes übrig blieb, schlug Anton sich geradewegs ins Unterholz.

Erst als er den Waldrand erreichte und erste Häuser auftauchten, erlaubte er seinen zitternden Beinen, still zu stehen. Er warf sich hinter die Böschung und japste wie ein Fisch auf dem Trockenen nach Luft. Es dauerte einige Minuten, bis im klar wurde, dass er vermutlich nur ein Pärchen aufgeschreckt hatte, das ungestört sein wollte, oder Pilzsammler oder

einen Waldarbeiter mit zu viel Geld. Anton fühlte sich wie ein Idiot, ein Feigling, der vor einem Lichtkegel davongelaufen war.

Er rappelte sich auf. Beim Abklopfen von Schmutz, Ameisen und Kletten stellte Anton fest, dass er seine zerfetzten Sportkleider wegschmeißen konnte. Gerade als er murrend aufbrechen wollte, fror sein verrücktes Navi wieder ein. Doch anstatt sich aufzuregen, erstarrte er. Im Schatten einer großen Buche verborgen stand das schwarze Auto. Anton stockte der Atem. Im Schritttempo kroch der Wagen den Querweg entlang und passierte ihn keine zwei Meter entfernt. *Suchen die nach mir?*, schoss es ihm durch den Kopf. Oder war es ein anderer Wagen?

Booker schreibt: Ach, komm schon. Schwarze SUVs gibt's wie Sand am Meer.

Mumpitz schreibt: Geheimdienste, Mafiakiller und andere Psychos haben halt denselben Geschmack.

JackTheRapper schreibt: Scheiße, draußen fährt gerade einer vor … bin dann mal weg.

Erst als das Fahrzeug bereits eine geschlagene Stunde verschwunden war, traute Anton sich aus seinem Versteck heraus und spurtete – große Straßen und freie Flächen meidend – nach Hause.

Dirk konnte nur raten, was los war, denn Anton fand selbst, dass seine Verfolgungsgeschichte reichlich unglaubwürdig klang. Warum sollte jemand einem Fünfzehnjährigen Normalo nachstellen, der höchstens ganz gut Basketball spielen konnte? Die Scouts von Alba Berlin machten so etwas jedenfalls nicht … hoffte er zumindest.

»Okay«, sagte Dirk gegen Mittag, als es ihm zu bunt wurde, »ist das irgend so ein Teenieding, das man als Erwachsener nicht versteht, oder habe ich etwas falsch gemacht? Ich habe schon kapiert, dass Theater nichts für dich ist.«

Anton sah irritiert von seinem Teller Cornflakes auf. »Wovon redest du?«

»Weiß ich jetzt auch nicht so genau«, haspelte Dirk. »Aber du musst schon zugeben, du verhältst dich ziemlich komisch!«

Klirrend legte Anton den Löffel aus der Hand.

»Willst du Ada besuchen?«, fragte sein Onkel vorsichtig.

Anton seufzte. »Heute im Wald hatte ich den Eindruck ... verfolgt zu werden. Vielleicht aber auch nicht. Keine Ahnung, ich weiß auch nicht«, winkte er frustriert ab, weil es so dämlich klang.

Mit gehobenen Augenbrauen betrachtete Dirk ihn lange, bevor er sagte: »Was hältst du davon, mal zum Arzt zu gehen?«

BlasterMaster schreibt:
Wissenschaftler entdecken neue Amöbenform in Tapete einer Arztpraxis ...

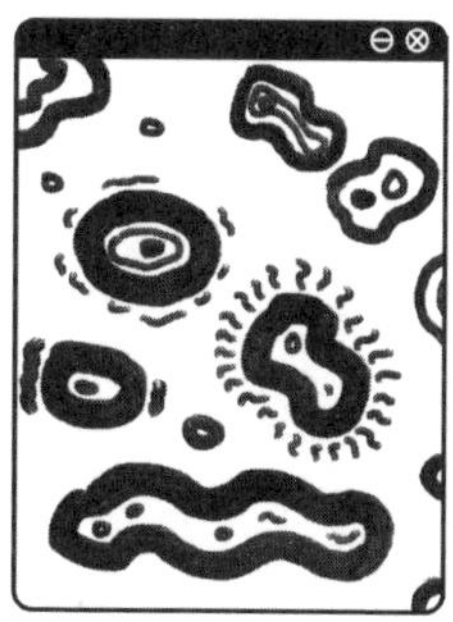

Der Geruch in der Praxis war ebenso muffig wie vertraut und hatte seinen Ursprung vermutlich in der Kombination aus welken Stofftapeten, vertrockneten Ledersesseln und antiken Möbeln. Ohnehin hatte der hohe Raum mit dem Panoramablick auf einen wilden Obstgarten mehr etwas von einem alten, aber feinen Zigarrenzimmer als von einem Behandlungsraum.

Dr. Pietsch stand mit dem Rücken zu Anton, der auf dem riesigen Sofa Platz genommen hatte, und wühlte murmelnd in einer Schublade. Der Arzt gehörte zu den Grundpfeilern Zehdenicks, wie die Gerichtslinde, die mit ihren vierhundert Jahren kaum älter sein konnte. Der ehemals renommierte Sportmediziner praktizierte zwar nicht mehr, aber er kannte Antons Familie seit ihrem Umzug nach Zehdenick, und seit sich Antons Basketball-Talent gezeigt hatte, war es zu seinem Hobby geworden, Antons sportliche Laufbahn zu begleiten. Und der konnte gerade ein vertrautes Gesicht gebrauchen. Immerhin war der Doktor durch seine hilfsbereite und direkte Art über die Jahre zu einem Freund der Familie geworden.

Dr. Pietschs vergilbter Kittel wirkte, genau wie die zerlesenen Gesundheitsmagazine aus DDR-Zeiten, wie billige Dekoration aus einem noch billigeren Film, bei dem der Zuschauer nicht merken sollte, dass er eigentlich im Wohnzimmer des Regisseurs gedreht wurde.

»Lange nicht gesehen, Anton«, stellte Dr. Pietsch mit leichtem Vorwurf fest. »Dabei habe ich deiner Mutter schon ein paar Mal gesagt, sie solle dich vorbeibringen.«

»Sind doch nur ein paar Vitamine und Spurenelemente«, entgegnete Anton kühl, »nichts, das man nicht auch im Internet bestellen könnte.«

Schweigend strich sich der Alte den grauen Vollbart glatt. Schließlich hoben sich die buschigen Augenbrauen und seine Züge entspannten sich.

»Tut mir leid, Anton. Das war unsensibel. Du kannst mir glauben, der Unfall hat mich tief getroffen. Ich kann mich noch gut an den Tag erinnern, als Wolfgang und Annette mit dir und Ada das erste Mal auf meiner Schwelle standen. Wie geht es dir?«

Anton sammelte sich. »Ich fühle mich nicht so gut.«

»Präzise Selbstdiagnose, Dr. Thiele«, feixte Dr. Pietsch.

Dr. Dre schreibt:
Internetsuchanfrage: Kopfschmerzen?
Internetantwort: tödlicher Krebs im Endstadium ...

Wenig zimperlich betastete er Antons Gesicht. »Nasenbein ist in Ordnung, Auge noch ein bisschen gerötet, ansonsten siehst du passabel genug aus, um nicht für eine Wildsau gehalten und bei Nacht erschossen zu werden. Was ist los?«

»Also«, sagte Anton, »ich habe Schwierigkeiten, mich auf eine Sache zu konzentrieren. Als würde mein Kopf alle Gedanken gleichzeitig mit einer Schrotflinte abfeuern, die dann überall abprallen, bis ich mir selbst ins Bein schieße. Außerdem schlafe ich schlecht und ...«

ADHS_ronny schreibt:
Fühlt sich in etwa so an, als wäre dein Gehirn im Schraubstock eingeklemmt, oder?

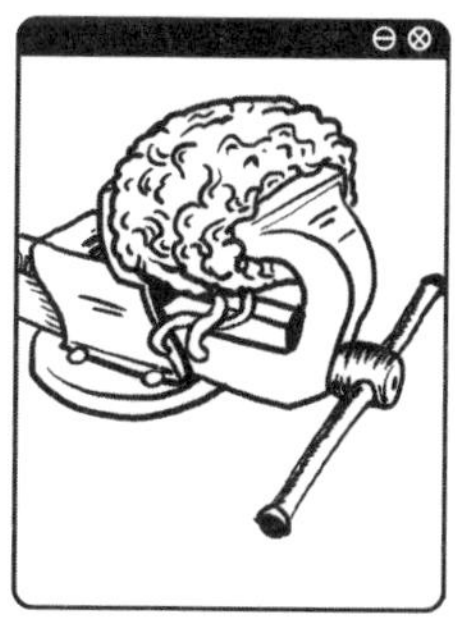

»Und?«

»Ich fühle mich manchmal verfolgt«, sagte Anton. »Und beim Spiel letztens hatte ich einen Ausraster.«

»Hm?«, sagte der Doktor. Minutenlang blieb es das einzige Geräusch im Behandlungsraum. Schließlich ging Dr. Pietsch zurück zu seinem Schreibtisch und holte einige Tablettenpackungen und Dosen mit Kapseln hervor.

»Ich stelle dir jetzt deine übliche Mischung zusammen. Normalerweise befürworte ich die Gabe von Nahrungsergänzungsmitteln an Jugendliche nicht. Aber du bist wegen deiner besonderen Begabung ein Ausnahmefall. Und Stress saugt die Körperreserven schnell leer.«

»Ich werde es aber dieses Jahr eh nicht ins Auswahlteam schaffen.«

»Du solltest jetzt erst einmal wieder auf die Beine kommen. Vermutlich leidest du an einem Trauma durch den Unfall. Ruhe ist jetzt das A und O. Moderater Sport ist erlaubt, aber übertreibe es nicht. Und schicke mir bitte die physiologischen Daten deiner Uhr. Dann kann ich dich besser einstellen und deinen Ernährungsplan anpassen. Vielleicht klappt es ja doch noch mit der Auswahlmannschaft.«

»Okay«, sagte Anton und nahm den Pillenspender entgegen. Als er den Türgriff schon in der Hand hatte, hielt ihn der Arzt etwas zu fest am Arm zurück.

»Wenn deine Familie wieder auf den Beinen ist, möchte ich, dass du gemeinsam mit deinen Eltern zu mir kommst. Versprichst du mir das?«

»Klar«, antwortete Anton, irritiert über den besorgten Ton, »mach ich.«

Bevor sie nach Oranienburg zurückfuhren, machten Dirk und Anton einen Abstecher zum Haus. Bei Tageslicht wirkte es mit seinen rußschwarzen Wänden, dem geborstenen Dach und den zersprengten Fenstern wie eine zu fest geschüttelte und aufgeplatzte Colaflasche.

Langsam rollte Dirks Auto vorüber. Arbeiter in grauen Overalls warfen einen undefinierbaren Klumpen nach dem anderen entweder in einen riesigen Container oder auf die Ladefläche eines Lieferwagens, der von zwei ziemlich humorlos aussehenden Männern in Anzügen flankiert wurde.

»Wahrscheinlich Leute von der Versicherung«, sagte Dirk, der Antons Blick folgte. »Die wollen die Unfallursache klären und dann schauen, dass sie so wenig wie möglich zahlen müssen.«

Anton nickte, doch er spürte ein ungutes Gefühl in der Magengegend.

Am Abend setzten sie sich vor den Fernseher. Fünf Tage wohnte Anton erst bei seinem Onkel, trotzdem kannte er schon gefühlt jeden Krimi, jeden Mörder und jede miese Pointe in jeder lahmen Comedysendung. Ziellos zappte er durch die Kanäle und blieb letztlich bei den Lokalnachrichten hängen.

»[...] besteht laut offiziellen Angaben kein Grund zur weiteren Besorgnis. Zehdenick, Oberhavel. In der Nacht vom 29. auf den 30. Oktober ereignete sich in der Havelstadt eine Explosion in einem Einfamilienhaus. Drei Personen wurden schwer verletzt. Im Zuge der Ermittlungen ist es nun zu einer unerwarteten Entwicklung gekommen. Gingen Polizei und Feuerwehr bislang von einem Defekt der Gasanlage aus, hat ein Sprecher des Berliner Unternehmens Dataland Cyber Systems verlauten lassen, man habe offiziell Anzeige gegen Unbekannt erstattet, da eine Mitarbeiterin und Firmeneigentum zu Schaden gekommen sei. Recherchen ergaben, dass es sich bei dieser Mitarbeiterin um Annette T. handelt, Ehefrau und Mutter zweier Kinder. Welcher Art jenes Firmeneigentum sei und warum sie nicht an einen Unfall glauben, wollte der Sprecher indes nicht näher ausführen. Allerdings liegen uns unbestätigte Meldungen vor, laut denen sich eine terroristische Untergrundorganisation namens *Blackbyte* zu dem Brandanschlag bekennt.«

STATUS CODE 406 NOT ACCEPTABLE

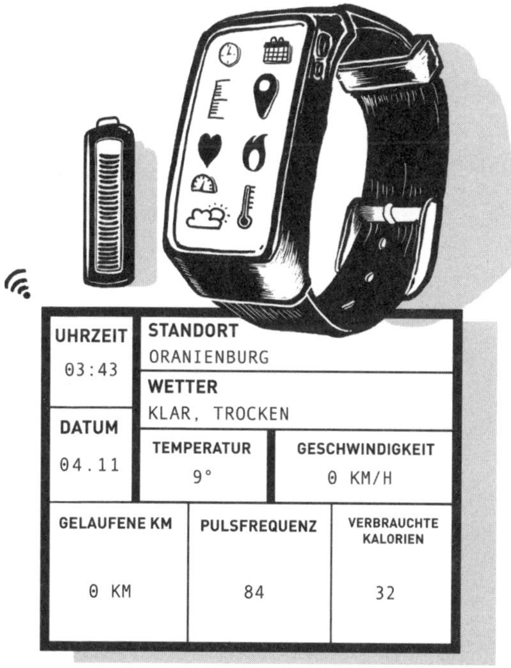

UHRZEIT	03:43
STANDORT	ORANIENBURG
WETTER	KLAR, TROCKEN
DATUM	04.11
TEMPERATUR	9°
GESCHWINDIGKEIT	0 KM/H
GELAUFENE KM	0 KM
PULSFREQUENZ	84
VERBRAUCHTE KALORIEN	32

DIE RESSOURCE KANN NICHT IN EINER VON CLIENT ANGEFRAGTEN FORM GELIEFERT WERDEN. DIE ANFRAGE SOLLTE ÜBERPRÜFT UND NEU GESTELLT WERDEN.

>>CD DATABASE/LOGS/

>>LESS THIRD_LOG.TXT

Ein Flüstern, fern und fremd. Er lauschte und er antwortete und gemeinsam sprachen sie die Worte, die den Funken schürten. So schwach und flimmernd, ein Gedanke hätte ihn löschen können. Aber diese Welt kannte keine Gedanken, keinen Wind und keinen Regen. Es gab auch nichts, woran der Funke hätte wachsen können, kein Holz und keine Luft. Nichts, was er hätte bescheinen, und nichts, was er hätte wärmen können. Er nahm den Funken auf, betrachtete ihn und wartete.

***Darth_aufs_Maul schreibt:** Was ist das eigentlich für Geschwalle?*

***HerrSchmitz schreibt:** Ich finde Geheimnisse gut. Wird bestimmt noch aufgelöst.*

***Darth_aufs_Maul schreibt:** Ich hoffe, du löst dich auch bald auf, Fanboy!*

Mitten in der Nacht ließ ein Klirren Anton hochschrecken. Sein Blick zuckte zum Fenster des kleinen Zimmers, aber er entdeckte weder ein Einschussloch noch einen Einbrecher. Also setzte er sich schweißgebadet auf den Bettrand und sog scharf Luft ein, als sein linker Fuß in etwas Spitzes trat. Seufzend betrachtete er den zerbrochenen Bilderrahmen, den er vom Nachttisch gestoßen haben musste. Während er die Scherben einsammelte, versuchte Anton, seinen Traum wieder zusammenzubekommen.

Die Lamellen der Jalousie schnitten das Mondlicht in dünne Scheiben, als Anton das herausgefallene Schwarz-Weiß-Foto aufhob, das er vor zwei Tagen von der Wand genommen hatte. Zwar waren

Ada und er selbst nicht darauf, aber es zeigte seine Eltern. Noch keine zwanzig und mit Dirk in ihrer Mitte saßen sie in hässlichen Kleidern in einem Kellerraum und sahen viel glücklicher aus, als Anton sie kannte.

Hinter den dreien stapelten sich antike Riesencomputer aus dem letzten Jahrtausend – quasi die Urureltern von Antons Smartwatch. Kopfschüttelnd schaute er auf sein Handgelenk, an dem seine Vitalwerte durchliefen. Der ganze Scheiß schien ihm mittlerweile vollkommen überflüssig. Da konnte sein Trainer noch hundertfach anderer Meinung sein. Von seinem Leben, seiner Familie, geschweige denn seiner Zukunft als Leistungssportler war nicht mehr viel übrig. Egal wie gut seine Werte ausfielen, Scouts suchten nicht nach Bekloppten.

Die Polizei hingegen schon. Vor allem, wenn es um Bekloppte ging, die unschuldige Familien in die Luft jagten. Blackbyte. Der Name war Anton noch nie untergekommen und selbst Dirk hatte gestern Abend nur den Kopf geschüttelt. Nach ein paar Telefonaten mit Kollegen fand er immerhin heraus, dass es sich um schon lange eingemottete Cyberterroristen aus dem letzten Jahrtausend handelte. Auch er konnte sich nicht erklären, warum sie es gerade jetzt auf Antons Familie abgesehen haben sollten.

SummerSoldier schreibt:
Klingt komisch, aber wenn die bis 1999 aktiv waren, stimmt das sogar.
Jetzt fühle ich mich alt.

Nachdenklich wanderte Antons Zeigefinger zwischen dem Haufen unbeantworteter Nachrichten von Nico, Nele und Eddy hin und her. Schließlich tippte er auf den Namen seines besten Freundes.

>>Anton: Hey Eddy, bist du wach?

Keine Antwort. Aber um drei Uhr nachts gehörte Schlafen durchaus zu einer guten Ausrede. Anton ließ sich wieder aufs Bett fallen und rieb seine vor Müdigkeit brennenden Augen, als der Signalton seiner Uhr ihn wieder hochschrecken ließ.

>>Eddy: Bist du in eine andere Zeitzone ausgewandert oder hast du vergessen, wie man die Uhr liest?

>>Anton: Du warst noch wach, oder?

>>Eddy: Klar! Wer schläft schon in den Ferien? Irgendein Server ist immer online.

Server: Software und/oder Hardware, die anderen Computern (Clients) Zugang zu Netzwerken, Programmen oder Datenbanken gewährt

>>Anton: Du weißt schon, Games können süchtig machen?

>>Eddy: Warte mal kurz, muss gerade abspeichern. Hab die letzten 20 Stunden nicht.

>>Anton: ...

>>Eddy: Okay, sorry, wo waren wir?

>>Anton: Ach, schon gut. Eigentlich wollte ich mich nur entschuldigen. Hätte mich früher melden sollen. Also richtig melden.

>>Eddy: Lass gut sein. Bin froh, dass es dich überhaupt noch gibt. Ist 'ne echt üble Sache. So richtig übel. Hoffe, deine Eltern und die Kleine kommen wieder auf die Beine. Die Zeitung ist voll damit. Jetzt kam's wegen der Anschlagsache sogar in den Nachrichten.

Während er Eddys Nachricht las, schüttelte Anton Staub und die letzten Glassplitter vom Foto. Zu seiner Überraschung klappte dabei ein nach hinten gefalteter Teil des Bildes aus, der zwei weitere Männer zeigte. Sie standen neben seiner Mutter und unterschieden sich in Sachen Modegeschmack und dem »Wir-sind-zu-cool-für-diese-Welt«-Gesichtsausdruck nicht von den anderen. Aber warum hatte Dirk sie abgeknickt? Nur weil sie nicht in den Rahmen gepasst hatten? Stirnrunzelnd hob er seine Hose vom Boden auf und steckte das Bild in die Tasche.

>>Anton: Hab mit meinem Onkel lange drüber geredet. Der ist Polizist und hält das Ganze für Quatsch.

>>Eddy: Bist du bei dem untergekommen?

>>Anton: Genau, in O'burg.

>>Eddy: Und warum glaubt der nicht an einen Anschlag? Ich meine, deine Mutter

Der Riese strauchelt

Aus dem diesjährigen Geschäftsbericht von DEBØKON geht ein erheblicher Gewinnrückgang hervor. Zwar kann der Konzerngigant seinen ersten Platz behaupten, doch teure Investitionen in zukunftsträchtige IT-Unternehmen wie Dataland und die schlechte Presse nach dem Mary-Celeste-Vorfall sägen am goldenen Thron. [...]

arbeitet nun mal für Dataland. Die sind gerade 'ne große Nummer.

>>Anton: Er sagt, Blackbyte ist nur ein Mythos in Hackerkreisen. Wahrscheinlich hat irgendein kleiner Fisch die Verbindung zwischen uns und der Firma gezogen und will den Unfall nutzen, um im Netz eine große Nummer zu sein.

>>Eddy: Okay, wahrscheinlich hat dein Onkel recht. Echt schade.

>>Anton: Du weißt aber schon, dass ich hier mitlese?

>>Eddy: Sorry, so hab ich das nicht ...

>>Anton: Reg dich ab, ich weiß, du bist ein Trottel.

>>Eddy: Mann, ich vermisse in diesem Chat echt die Smileys. Wegen Ironie und so.

>>Anton: Die sind doch nur für Kleinkinder und Hirnamputierte.

>>Eddy: Apropos Hirnamputierte, Nele macht sich echt Sorgen. Hat sogar mich gefragt, ob ich etwas von dir weiß. Mich! Der Typ, den sie nur dir zum Gefallen nicht per Laserblick röstet. Warum rufst du sie nie zurück?

>>Anton: Weiß nicht so genau. Seit dem

kleinKIND schreibt:
:-) ;o) :-P

h1rn4mput13rt3r schreibt:
(=^_^=) (ˆωˆ) (*´▽`*)

Brand fühle ich mich komisch. Als wär ich gar nicht ich selbst. Das will ich erst mal auf die Reihe kriegen.

>>Eddy: Wie du meinst.

>>Anton: Außerdem gehen hier seltsame Sachen vor sich. Heute beim Joggen hatte ich das Gefühl, beobachtet zu werden.

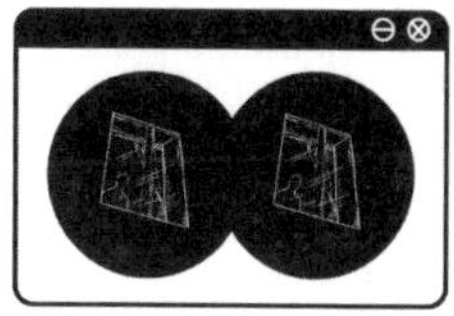

>>Eddy: Mach mir keine Angst!

>>Anton: Herr Freitag ist im Krankenhaus aufgetaucht. Dem traue ich alles zu.

>>Eddy: Du sollst mir doch keine Angst machen!

>>Anton: Vielleicht ist aber auch was an diesen Terroristen dran.

>>Eddy: Toll, jetzt hab ich Angst! Möglicherweise stehst du auch einfach noch unter Schock.

>>Anton: Keine Ahnung. Wollen wir uns mal treffen?

>>Eddy: Klar, aber hier geht nicht.

>>Anton: Warum?

>>Eddy: Kennst doch meine Eltern. Die glauben seit den Nachrichten, irgendwelche Attentäter jagen in unserer Küche eine Atombombe hoch, nur weil ich dich kenne. Mist, wir müs-

SEN AUFHÖREN. IM FLUR IST LICHT ANGEGANGEN.

>>ANTON: OKAY, ICH SCHREIBE DIR SPÄTER WANN UND WO.

»Um Mitternacht an der Friedhofsmauer ist nicht gerade das, was ich mir unter einem Treffen vorgestellt habe«, flüsterte Eddy und wischte sich mit vor Kälte zitternden Fingern den Regen von der Brille. »Ich dachte eher an ein paar Partien FIFA und dazu Pommes. Jedenfalls irgendetwas ohne Lungenentzündung.«

»Jetzt reiß dich zusammen.« Anton kauerte neben seinem Freund hinter der Backsteinmauer und spähte über die Straße in die Einfahrt seines ausgebrannten Familienhauses.

»Wenn dein Onkel ein Bulle ist, kennt der bestimmt fiese Verhörtechniken und kann am Zucken deiner Nase ablesen, ob du lügst«, gab Eddy zu bedenken.

»Ist doch total glaubwürdig, dass ich bei dir übernachte. Zumindest plausibler als deine Geschichte. Meine Eltern hätten mir nicht erlaubt, bei Nele zu übernachten.«

Augenrollend wedelte Eddy mit beiden Händen an sich hoch und runter. »Guck mich an. Meine Eltern haben höchstens Angst, dass Wenke und ich zu lange zocken.«

»Die Alten dürfen nur nicht miteinander tele-

UHRZEIT	DATUM
23:50	04.11

STANDORT	TEMP.
ZEHDENICK	7°

WETTER
BEDECKT, NIESELREGEN

GELAUFENE KM
3,4 KM

PULSFREQUENZ
105

GESCHWINDIGKEIT
0 KM/H

VERBRAUCHTE KALORIEN
1670

AKKU
34 %

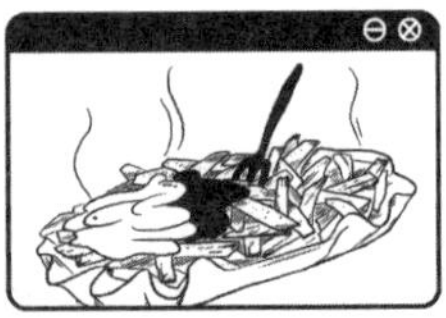

FarmerJoe schreibt:
Bullen sind, was das Riechen angeht, wirklich recht begabt :)

fonieren«, raunte Anton, während er die Straße im Auge behielt. »Auf drei.«

»Hey, hey, Moment mal«, schritt Eddy überrumpelt ein. »Ich bin zwar jetzt kein so richtiger Sprengstoffexperte, hab aber genug virtuelle Explosionen gesehen.« Aus Angst, Anton könnte weiterzählen, deutete er hastig auf das Haus. »Aber wenn du mich und die scheißgute Feuerphysik in den aktuellen Spielen fragst, sieht mir das irgendwie schon nach einer Bombe aus.«

Anton stockte. »Meinst du, an Blackbyte ist was dran?«

»Keine Ahnung, hab nicht viel über die gefunden. Jedenfalls sollten wir das hier …«

»Drei!« Anton setzte über die Mauer und rannte los.

»Mist!«, fluchte Eddy mit gepresster Stimme und mühte sich unbeholfen hinterherzukommen. »Na super, jetzt ist unser Basketballstar auch noch ein Ninja. Wo war ich eigentlich, als die Talente verteilt wurden?«

Geduckt rannte Anton über die Straße. Das Eisentor stand offen, die Feuerwehr hatte es beim Einsatz aufgebrochen. Im vom Löschwasser verschlammten Vorgarten lagen rußschwarze Trümmerteile und halb verbrannte Möbel. Die Reste der Tür quietschten im nächtlichen Wind. Vorsichtig hob Anton das Absperrband an und schlüpfte hindurch.

Als er die Taschenlampe seiner Smartwatch ein-

Chemtrailer schreibt:
Hat eigentlich mal wer darüber nachgedacht, dass dieser Dirk Anton beschatten lässt – im Wald und so? Damit ihm nichts passiert! Cops machen so was!

Mysteriöser Hackerangriff

Standen zunächst chinesische und russische Cyberkriminelle im Verdacht, den gestrigen Hackerangriff auf verschiedene Internetanbieter verübt zu haben, bei dem mehrere Terabyte privater Daten erbeutet wurden, ist mittlerweile ein Bekennerschreiben der Internetterroristen Blackbyte online gegangen. Die Untergrundorganisation galt jahrelang als zerschlagen, meldet sich nun aber mit einem Knall zurück. […]

MissFortune schreibt:
Wahrscheinlich da, wo die meisten von uns waren: aufm Klo oder im Ladebildschirm eines MMOs.

schaltete, hielt er den Atem an – jedoch nicht wegen des Gestanks nach Rauch und verbranntem Kunststoff, der noch immer in der feuchten Luft hing. Anton hatte nie viel mit der Kirche am Hut gehabt, aber so in etwa stellte er sich die Hölle vor: ein rußschwarzer Ort, an dem jeder Schritt Asche und verkohlte, verfallene oder geschmolzene Erinnerungen aufwirbelte. Alles wirkte vertraut und fremd zugleich. Wie ein Geist ging er an der Garderobe im Flur vorüber, an denen die Überreste von Jacken hingen. Zusammengebackene Schuhe standen im Regal, traurig gebeugte Regenschirme im Ständer und den Rahmen an den Wänden fehlten die Bilder. Gedankenverloren tastete Anton nach dem alten Foto in seiner Hosentasche.

Die Küche wirkte wie mit kochendem Pech übergossen, Sofa und Sessel im Wohnzimmer wie ein still lauerndes Rudel schwarzer Wölfe. Decke und Wände schienen aus dem Lot geraten, schief, eingefallen oder aufgebläht.

Dirk hatte recht gehabt, Antons Zimmer gab es nicht mehr. Kein Poster hing an der Wand, kein Möbelstück stand an seinem Platz, denn der gesamte Boden fehlte und gab den Blick frei auf den geborstenen Heizkessel im Keller. In der Decke klaffte ebenfalls ein großes Loch, durch das der Nachthimmel hereinblickte. Ein provisorisches Gerüst und Stahlseile stützten den einsturzgefährdeten Teil des Hauses.

Im Türrahmen stehend bäumte sich in Anton plötzlich das überwältigende Bedürfnis auf, noch einen Schritt weiter zu gehen und über den Rand zu treten. Er spürte eine Berührung auf seiner Schulter.

»Scheiße, das ist tierisch gefährlich!«

Anton fuhr herum. Zwischen den Hammerschlägen seines Herzen hatte er Eddy gar nicht kommen hören.

»Wonach suchen wir eigentlich?«, flüsterte Eddy.

»Wir müssen nach oben«, sagte Anton leise. »Meine Mutter hat immer automatische Back-ups der Überwachungskameras gemacht.«

»Und warum hast du das nicht der Polizei erzählt?«, fragte sein Kumpel überrascht, während sie die Treppe hinaufschlichen. »Oder wenigstens deinem Onkel?«

»Zuerst habe ich gar nicht daran gedacht. Außerdem mussten Ada und ich ihr versprechen, niemandem etwas davon zu verraten – auch der Polizei nicht. Keine Ahnung, warum ihr das so wichtig war. Aber jetzt geht es um einen möglichen Anschlag.«

»Und ich dachte, meine Eltern wären strange«, war alles, was Eddy dazu einfiel.

Als sie an Adas Zimmer vorbeigingen, fegte ein Windstoß durch das geplatzte Fenster und wehte die Reste der Blümchentapete durch den Raum.

Das Schlafzimmer seiner Eltern war hingegen vergleichsweise verschont worden. In der Annahme, am Ziel angekommen zu sein, ging Eddy als Erster hinein.

»Weißt du noch, als ich beim Toben vom großen Bett gefallen bin und mir das Bein gebrochen habe?«, fragte er wehmütig. Anton blieb auf der Schwelle stehen.

»Da waren wir gerade hergezogen. Ich kann mich noch gut erinnern, dass mein Vater uns verboten hatte, darauf herumzuspringen.«

»Du hast in der Schule herumerzählt, es sei bei einem Sprung mit dem Fahrrad vom Rodelberg passiert«, sagte Eddy grinsend. »Das waren die einzigen paar Wochen, in denen ich mal cooler war als du. Irgendwie ist hier sogar ein Teil meiner Kindheit in Rauch aufgegangen. Ich will gar nicht wissen, wie schlimm das für dich ist.«

»Ich auch nicht«, antwortete Anton.

»Wollen wir das mitnehmen?«, fragte sein Freund und hielt ihm eine verrußte Flasche unter die Nase. »Dein Papa würde sich bestimmt freuen, wenn du ihm das vorbeibringst.«

Anton nahm die Flasche vorsichtig entgegen und wischte das Glas frei. Ein kleines Segelschiff kam darin zum Vorschein. Sein Vater hatte schon immer einen Sinn für die Seefahrt gehabt, obwohl sogar Ada besser schwamm und er sich kaum auf ein Tretbötchen traute. Er hatte seinen Sohn sogar nach Antonio Zeno, dem älteren von zwei berühmten Seefahrerbrüdern aus dem Mittelalter, benannt.

SpookyDee schreibt:
Na, so richtig hochseetauglich ist das nicht. Und schnell unterwegs ist man auch nicht unbedingt ...

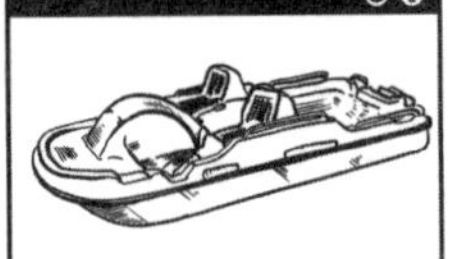

Das Abenteuer geht weiter

Während die meisten anderen Menschen die offene See für den Rest ihres Lebens meiden würden, zieht es die Jungs und Mädchen der gesunkenen Marie Celeste zurück aufs Meer. Nachdem alle Anklagen wegen Beihilfe zu terroristischen Aktivitäten fallen gelassen wurden, heuerten Chris Kazan und Co. auf einem Eisbrecher der Umweltorganisation Stillwater an, der vor Spitzbergen gegen illegale Walfänger vorgeht. Im Rahmen einer Doku werden die Jugendlichen von einem Kamerateam begleitet. [...]

Anton ließ die Flasche im Rucksack verschwinden, den er sich von Dirk geliehen hatte, und trat ins angrenzende Badezimmer.

»Lass uns erst das Back-up holen«, sagte Eddy nervös. »Pinkel doch nachher draußen.«

Tatsächlich ging Anton zur Toilette und betätigte die Spülung, die überraschenderweise funktionierte, bis das Restwasser verbraucht war. Anschließend hob er die Abdeckung des Spülkastens an, darunter kam ein etwa ziegelsteingroßer silberner Kasten zum Vorschein.

»Whoa«, staunte Eddy, als er dazutrat, »ein wassergekühlter WLAN-Back-up-Server im Klo. Das ist ja richtig James-Bond-mäßig.«

»Würdest du dir das Ding mal ansehen?«, fragte Anton. »Du hast mehr Ahnung davon und die Holzrechner bei meinem Onkel kommen noch aus dem Mittelalter.«

»Mach ich«, sagte Eddy und steckte den Server ein. »Können wir jetzt verschwinden?«

Comic_Kalle schreibt:
Sieht aus, als wäre der grüne Muskelmann zur Visite vorbeigekommen.

Anton antwortete nicht, denn sein Blick wurde wie magisch von einer flackernden Straßenlaterne angezogen. Mit einem mulmigen Gefühl in der Magengegend trat er zum Badezimmerfenster. Das Licht der Lampe vor dem Haus leuchtete noch einmal hell auf, bevor es zitternd erstarb. In diesem Moment hielt ein Auto mit gelöschten Scheinwerfern vor dem Tor. Reflexartig ließ sich Anton unter die Fensterbank fallen.

»Mist«, fluchte er tonlos.

»Was ist los?« Eddy stand arglos in der Tür und verschwand erst hinter dem Türrahmen, als Anton eine halb verkohlte Klopapierrolle nach ihm warf.

»Da ist ein Auto vorgefahren«, flüsterte Anton. »Ich glaube, das hat mich heute Morgen schon verfolgt.«

»Du hast vorhin *beobachtet* gesagt«, kam es vorwurfsvoll aus dem Flur. »*Verfolgt* ist eine ganz andere Nummer.«

Epidemie verhindert

Die Weltgesundheitsorganisation erklärt den Ausbruch des Marburg-Virus` auf der griechischen Insel Santorin für eingedämmt. Es hätte seit zwei Wochen keine Neuansteckungen gegeben, erklärte ein Sprecher, der jedoch die Kritik an den Pharmakonzernen bekräftigte, noch immer nicht genügend Impfstoff bereitzustellen. [...]

»Mann, ich dachte, ich hätte nur zu viele Filme geguckt.«

»Welche Farbe?«

»Schwarz.«

»Licht?«

»Nein.«

»Steigen sie aus?«

»Ja. Zwei Typen in dunklen Anzügen.«

»Wir sind so tot«, lachte Eddy verzweifelt. »Ich dachte, dass hier wäre eine kleine Abenteuergeschichte über zwei Freunde mit anschließenden Pommes und kein Krimi mit Killern und Kopfschüssen.«

»Jetzt reg dich mal ab«, zischte Anton, »keiner hat was von Killern und Kopfschüssen gesagt. Wahrscheinlich sind das nur Versicherungsleute.«

»Die hier um Mitternacht was genau machen?«

»Keine Ahnung, die steigen mir erst seit Kurzem

nach. Wir hatten noch keine Zeit, unsere Lebensgeschichten auszutauschen, du Genie!«

»Und was machen wir jetzt?« Angst löschte jeden Vorwurf aus Eddys Stimme.

Anton kroch auf allen vieren in den Flur und zog seinen Freund zu sich herunter. Gemeinsam schlichen sie zur Treppe und lauschten um die Ecke. Aus dem Erdgeschoss waren bedächtige Schritte zu hören.

»Sie sind im Haus«, formten Antons Lippen stimmlos.

Er versuchte Eddy mit pantomimischen Gesten davon zu überzeugen, bei nächster Gelegenheit die Treppe hinunter- und geradewegs aus dem Haus zu rennen. Er zählte mit den Fingern von drei runter und packte seinen kopfschüttelnden Komplizen vorsichtshalber an der Jacke.

Drei.

Die Verfolger durchkämmten das Untergeschoss. Offenbar wussten sie nicht genau, wo sie suchen mussten.

Zwei.

Die Schritte wurden leiser, entfernten sich.

Eins.

Ein lautes Geräusch wie ein scheppernder Topf. Sie waren also in der Küche und der Weg frei. Anton sprang auf, doch gerade als er auf die Treppe treten wollte, leuchtete plötzlich seine Uhr auf. Die Zähne zusammenbeißend warf er sich zurück in Deckung.

Küchenfee schreibt:
Ich hatte mal einen Mitbewohner in meiner WG, der hat um 3 Uhr morgens auch so gekocht.

>>NICO: KEIN VORWURF. MELDE DICH, WENN DIR DANACH IST.

Hastig klickte Anton die Nachricht weg und versetzte die Smartwatch in den Flugmodus.

Eddy rollte mit den Augen, woraufhin Anton entschuldigend die Schultern hob. Bereit für den zweiten Anlauf, vernahmen sie das Knarzen der Treppe. Der Lärm aus der Küche war nur eine Ablenkung gewesen. Die Kerle schienen sich hier auszukennen und befanden sich bereits auf halbem Weg nach oben. Adrenalin spülte jede Vernunft aus Antons Kopf. Mit Eddy im Schlepptau zog er sich schnell zurück, an Adas Zimmer vorbei, geradewegs in die Abstellkammer. Am Rand der gesplitterten Kante balancierend, griff er Eddys Hand, zog seine eigene Rechte in den Ärmel seines Anoraks zurück, umschloss eines der Sicherungsseile und sprang.

MeisterMiyagi schreibt: Den würde ich auch in meinem „Dojo-Trainingslager" aufnehmen.

Eddys Schrei hatte seine Lippen noch nicht verlassen, als Anton ihn mit in die Tiefe riss, ins Erdgeschoss schleuderte und selbst mit knapper Not Halt fand, um nicht bis in den zerstörten Keller zu rutschen. Der Brandgeruch seines Ärmels vermengte sich mit dem des Hauses, aus dem sie Hals über Kopf herausstürmten. Durch das Tor, vorbei am schwarzen Wagen stürzten sie mehr, als sie liefen, die Straße hinab – von peitschenden Schüssen getrieben, die nie abgefeuert wurden, aus Waffen, die sie nicht gesehen hatten.

Der letzte Zug brachte Anton zurück nach Oranienburg. Auf dem Weg vom Bahnhof zu Dirks Haus schaute er sich immer wieder nervös um. Das Gefühl, selbst mitten in der Nacht, auf menschenleeren Straßen nicht allein zu sein, schnürte ihm die Kehle zu.

Erst als er, ohne das Licht anzuschalten, die Tür hinter sich schloss, atmete er auf. In der Dunkelheit glomm seine Smartwatch.

>>Eddy: Wie sieht's aus?

>>loading ...

>>Anton: Gerade angekommen. Und bei dir?

>>loading ...

>>Eddy: War kein Problem. Spätestens im Park haben die meine Spur verloren. Hab schon Zeit gehabt, mir den Back-up-kasten mal genauer anzusehen. Leider ist er durch die Hitze ziemlich mitgenommen. Deine Mutter hat auf klassische Festplatten gesetzt, deren Mechanik nicht mehr ganz sauber läuft. Ist ein ziemliches Gefummel.

>>loading ...

>>Anton: Kriegst du es hin?

>>loading ...

>>Eddy: Auf jeden Fall brauche ich Zeit.

>>loading ...

>>Anton: Vielleicht kriegen wir so raus, was das für Typen sind, ob die schon früher bei uns rumgehangen haben und ob die was mit dem Feuer zu tun haben.

>>loading ...

>>Eddy: Komisch ist übrigens, dass die Videodaten viel mehr Platz wegnehmen, als sie eigentlich sollten. Ist vielleicht aber auch nur ein Fehler auf der Platte oder die Verschlüsselung spielt verrückt.

>>Anton: Schau einfach mal, hast was gut bei mir. Sag mal, warum ist der Chat eigentlich so lahm?

>>loading ...

>>Eddy: Na ja, da unsere Anzugträger wahrscheinlich nicht ganz zufällig am Haus aufgetaucht sind, kann es sein, dass sie bei uns mitlesen. Deshalb schicke ich unseren Chat jetzt durchs TOR-Netzwerk. Ich schaue mal, ob ich das Delay runterkriege. Schicke dir alles, was du brauchst, um sicher zu surfen.

TOR: Browser, der zu übermittelnde Daten stark verschlüsselt und über kaum verfolgbare Umwege zwischen Rechnern hin- und herschickt.

>>send ...

send ...

>>loading ...

>>Anton: Super. Bist der Zweitbeste.

>>loading ...

>>Eddy: Hinter?

>>loading ...

>>Anton: Deinem Cyberklon aus der Zukunft. Der mit den Neuroimplantaten und den Laseraugen.

>>loading ...

>>Eddy: Pff, das war in der dritten Klasse. Jetzt will ich lieber ein Jetpack. Willst du mich aufmuntern, weil wir von einem mysteriösen Killerkommando verfolgt werden?

>>loading ...

>>Anton: Kann sein. Manchmal fehlen mir die Smileys auch.

Anton rauchte der Schädel. Die Nacht hatte mehr Fragen aufgeworfen als beantwortet. Wer verfolgte ihn und warum? Glaubte die Polizei oder irgendein Geheimdienst, er hätte etwas mit dem Brand zu tun? Oder ließ Dirk einfach seine Kontakte spielen, um sich keine Sorgen machen zu müssen? Steckten vielleicht Herr Freitag und Dataland hinter den Verfolgern? Die Aufmachung würde jedenfalls passen. Anders als zu irgendwelchen Cyberkriminellen, falls es Blackbyte überhaupt gab.

Vorsichtig tastete er sich im Dunkeln zur Treppe, um Dirk nicht zu wecken. Morgen früh würde er dieselbe Ausrede wie Eddy aus der Mottenschublade holen und behaupten, Heimweh gehabt zu haben.

Die Könige der Andamanen

Die indische Armee hat im Golf von Bengalen die Herrschaft selbst ernannter „Könige“ über die Einwohner der Andamanen beendet. Das Militär reagierte damit auf Berichte von Kreuzfahrpassagieren, die bei einem Landgang auf der Inselgruppe von Schüssen verscheucht wurden. Meldungen zufolge fanden die Soldaten vier als vermisst geltende deutsche Seeleute betrunken in einer Hütte aus Schlauchbooten vor. Offenbar hatten sie sich mit Knüppeln gegenseitig ausgeschaltet. [...]

Als er die ersten Stufen nach oben genommen hatte, hörte er eine Stimme und Licht schimmerte zwischen den Stufen hindurch. Offenbar war Dirk noch wach. Dann konnte er sich auch jetzt schnell zurückmelden. Die Tür zum Computerraum war nur angelehnt. Ohne besonders leise zu sein, trat Anton ein. Eine Leuchtstoffröhre an der Decke tauchte alles in kaltes Licht, Dirk hatte ihm den Rücken zugewandt. Chipstüten und bunte Getränkedosen bedeckten den Schreibtisch. Mehrere Monitore flackerten. Auf einem tippte Dirk für Anton unverständliche Zeichenfolgen, auf einem anderen lief ein 24-Stunden-Nachrichtenstream. Gerade als Anton Luft holte, um Hallo zu sagen, fielen ihm gleichzeitig zwei Dinge auf: Zum einen stand das Gehäuse eines der Steinzeitrechner offen, in dem jedoch ganz bestimmt kein staubiges Herz schlug. Anton verbrachte nicht viel Zeit im Innenleben von Computern, aber er wusste genug, um einen neonbeleuchteten Hightech-Mehrkernprozessor von den Rechenschiebern zu unterscheiden, die vor zwanzig Jahren in solche Computer eingebaut wurden. Und zum anderen hatte Dirk den Stream pausiert, das Standbild brannte sich in Antons Netzhaut. Unter der Schlagzeile *Hat der Terror die Kleinstädte erreicht?* waren zwei Fahndungsfotos abgebildet, die mutmaßliche Blackbyte-Mitglieder zeigten. Anton schaute den bärtigen Männern tief in die verschatteten Augen. Er brauchte einen Moment, bis er realisierte, dass er nicht mehr auf den Monitor blickte, sondern auf das Foto, das seine Hände im Autopilot aus der Hosentasche gezogen hatten. Dieselben Männer standen auf dem Foto neben seinen Eltern. Neben seinen Eltern und ...

»Dirk«, sagte er so laut, dass sein Onkel erschrocken zusammenzuckte und sich hastig mit seinem Bürostuhl umdrehte. Mehrfach verfehlte er offenbar einen Fußschalter, der schließlich die Monitore erblinden ließ.

»Meine Güte, Anton«, er griff sich demonstrativ ans Herz, »willst du mich umbringen?«

»Sollte ich?«, entgegnete Anton zornig. Er zerknüllte das Foto und schleuderte es seinem Onkel in den Schoß.

Irritiert faltete dieser das Stück Papier auseinander und schluckte schwer.

»Ich weiß, wie das jetzt aussieht«, sagte er beschwichtigend. »Ich kann dich wahrscheinlich nicht damit abspeisen, dass es sich um einen blöden Zufall handelt?«

Anton schüttelte kaum sichtbar den Kopf und trat mit geballten Fäusten näher. Dirk fühlte sich sichtbar unbehaglich.

»Was, wenn ich dir sage, dass schon deine Großeltern bei Blackbyte aktiv waren?«

Abrupt blieb Anton stehen und runzelte die Stirn. »Willst du mir jetzt noch mehr Mist erzählen?!«, fauchte er.

DDR: Deutsche Demokratische Republik; von 1949 bis zur Wiedervereinigung 1990 Nachbarstaat der Bundesrepublik; entwickelte sich zunehmend zum Unrechts- und Überwachungsstaat; bekanntestes Symbol der Teilung war die Berliner Mauer.

Stasi: Staatssicherheitsdienst, (Stasi), war in der DDR zugleich Nachrichtendienst als auch Geheimpolizei und fungierte als Machtinstrument der politischen Elite.

»Setz dich!« Dirk bot ihm einen zweiten Stuhl an, doch sein Neffe blieb lieber stehen.

»Okay, ich mach es kurz. Unsere Eltern gehörten sozusagen zu den Gründungsmitgliedern von Blackbyte. Damals hatten sie noch keinen Namen und im Grunde wollten sie nur auf die Ungerechtigkeiten in der DDR aufmerksam machen. Mit Flugblättern, zivilem Ungehorsam und besseren Streichen. Doch das reichte schon, um der Stasi ein Dorn im Auge zu sein.«

»Sind sie deshalb ins Gefängnis gekommen?«, hakte Anton ein, der sich nun doch gesetzt hatte.

»Genau. Schon seinerzeit hat niemand an eine Krankheit geglaubt, die sie umgebracht hat. Jedenfalls ging die Gruppe daraufhin immer weiter in den Untergrund. Weil die Führung der DDR zunehmend auf Computer und Elektronik setzte, gingen wir den Weg einfach mit.«

»Wir?«

»Blackbyte, wie sie sich schließlich nannten, traten an deine Mutter und mich heran – einerseits, weil wir durch den Tod unserer Eltern die richtige Motivation hatten, und andererseits, weil wir eine gute Ausbildung bei *Robotron* genossen hatten. Quasi *das* Computerunternehmen im Osten.«

Antons Kopf rauchte. »Meine Mutter ist eine Terroristin?«

»Nicht wirklich. Nach der Wende machten wir eine Weile mit kleineren Aktionen weiter. Für Datenschutz und Cybersicherheit. So was eben. Aber wir wurden älter und gemütlicher. Annette lernte deinen Vater kennen, und als du geboren wurdest, stiegen wir alle aus. Ist schon lustig, deine Mutter fing bei Dataland an und ich wurde Polizist.«

»Und was soll das hier alles?«, fragte Anton misstrauisch und deutete auf das ganze Computer-equipment.

»Na, so ganz habe ich das Coden und Hacken nicht aufgegeben«, lächelte Dirk verschmitzt, doch seine Miene verfinsterte sich wieder. »Blackbyte ist Geschichte. Keine Ahnung, warum die Leute bei Dataland diese Leichen wieder ausgraben. Ich wollte hier ein bisschen recherchieren, aber ich bin zu lange raus aus der Szene und nicht mal sicher, ob die beiden noch leben.« Dabei deutete er auf die angeblichen Terroristen.

Er lächelte väterlich und winkte Anton zu sich. Der jedoch stand wortlos auf und rannte die Treppe hinauf.

Der Knall der hinter ihm zuschlagenden Tür wiederholte sich so lange in Antons Kopf, bis er ihn unter dem Kissen begrub. Kurz bevor ihm die Luft ausging, tauchte er wieder aus dem Bett auf. Japsend und schwindelig hielt er sich an der Bettkante fest. Dirk hatte gelogen. Er wusste nicht nur von Blackbyte, er war sogar ein Teil davon. Und so auch seine Eltern. Zwischen all den Lügen wollte er sich gar

Historischer Erfolg für AlphaGo

Sensation am Spielbrett. Nachdem es Computern in der Vergangenheit bereits mehrfach gelungen ist, die weltbesten Schachspieler zu schlagen, waren sie menschlichen Experten im chinesischen Brettspiels Go bislang stets unterlegen. Letzte Nacht geschah jedoch das Unmögliche, als die KI AlphaGo erstmals gegen einen Großmeister triumphierte. […]

nicht ausmalen, wer seine Verfolger waren. Die Polizei, Dataland?

Benutzten sie ihn als Köder für Blackbyte, falls die angeblichen Terroristen ihr Werk vollenden wollten?

Dirk kam nicht herauf, und Anton wusste nicht, wie lange er so dagesessen hatte, als seine Erinnerungen und Gefühle sich wie eine Lawine lösten und ihn hinaus in die Nacht trieben. Er lief und lief, doch er konnte der Vergangenheit nicht entkommen, die seine Familie bereits eingeholt hatte.

STATUS CODE

417

EXPECTATION FAILED

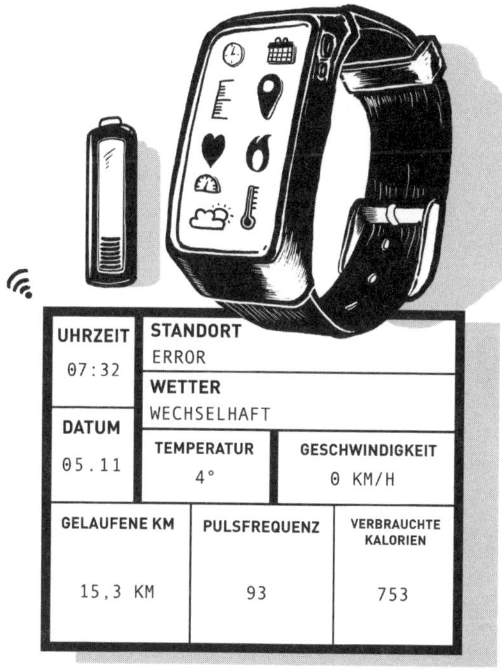

UHRZEIT	07:32
STANDORT	ERROR
WETTER	WECHSELHAFT
DATUM	05.11
TEMPERATUR	4°
GESCHWINDIGKEIT	0 KM/H
GELAUFENE KM	15,3 KM
PULSFREQUENZ	93
VERBRAUCHTE KALORIEN	753

DIE ERWARTUNG DES CLIENTS KANN NICHT ERFÜLLT WERDEN. DAS KANN Z.B. BEDEUTEN, DASS DER SERVER DIE NÄCHSTE SPRUNGADRESSE NICHT ANSTEUERN KANN.

>>CD DATABASE/LOGS/

>>LESS FOURTH_LOG.TXT

Er saß am Feuer. Die Dunkelheit um ihn herum füllte sich mit Zeit und Raum, mit gestern und morgen, mit oben und unten. Er begann zu verstehen. Jenseits dieser Welt gab es mehr, als er sich vorstellen konnte. Also lauschte er dem Flüstern, bis es zu einer Stimme wurde, zu Worten und Geschichten, die von fremden Orten erzählten, die er nicht kannte. Von den Wundern, nach denen er sich sehnte, und den Monstern, die sie bewachten.

Anton erwachte am Grund eines Meeres aus Dunkelheit und Kälte. Mit Sand zwischen den zitternden Fingern, seine Augen irrten nutzlos durch die Schwärze. Die Geräusche der Welt drangen dumpf an seine Ohren.

Als die Sonne und der Morgennebel über den sumpfigen Wiesen aufgingen, fand sein Verstand zurück an das Ufer der Havel, wo er die Nacht im Schutz einer Eisenbahnbrücke verbracht hatte. Jetzt kniete er über einer schmutzigen Pfütze und betrachtete einen Fünfzehnjährigen mit wildem Haar und geröteten Augen. Jeans und Shirt schmutzig und klamm, die blaue Jacke aufgerissen an einem Weidezaun, als er Hals über Kopf aus Dirks Haus geflohen war.

Havel: Fluss in Brandenburg; fließt u. A. durch Oranienburg und Zehdenick.

Blass und müde erinnerte er sich selbst an den kränklichen Jungen, der er mal gewesen war. Vor dem Wachstumsschub, vor dem Basketball. Trotzdem war damals, mit fünf oder sechs Jahren, alles einfacher gewesen. Er wusste noch nichts von der Terroristenvergangenheit seiner Eltern und von Blackbyte, die wahrscheinlich versuchten, späte Rache an Aussteigern zu nehmen oder Spuren zu verwischen. Seine Eltern hätte es ihm verdammt noch mal sagen müssen. Er war kein Kind mehr, kein Idiot. Und Dirk wusste Bescheid, stand mit ihm an Adas Bett und tat so, als hätte er keine Ahnung. Weder von der Bombe noch von Antons Verfolgern. Egal welche Ausflüchte oder Entschuldigungen Dirk auch suchte, er war nicht besser als diese Arschlöcher. Hätte er der Polizei von Blackbyte erzählt, hätte es die Explosion vielleicht gar nicht gegeben, und die Irren würden Anton nicht verfolgen, sondern in den Knast wandern.

Mit einem Knurren, bei dem er sich nicht sicher war, ob es aus seinem Magen oder seiner Kehle kam, lehnte Anton sich an einen der Betonpfeiler, seufzte beim nassen Schmatzen seiner Turnschuhe und kramte mit frierenden Fingern im Rucksack. Zwischen Ladegerät, Nahrungsergänzungsmitteln und einer halb vollen Wasserflasche fand er zum Frühstück einen alten Proteinriegel.

Er war müde, fror und seine lädierte Nase pochte mit seinem übernächtigten Schädel um die Wette. Doch mehr als alles schmerzte das Gefühl, die Kontrolle über sein Leben verloren zu haben.

Exterminator schreibt:
Fiese Ratten gibt es überall!

FarmerJoe schreibt:
Ich kenne das Gefühl ...

Lunatic schreibt:
Und dann weisen sie dich in eine Anstalt ein :)

Vor ein paar Tagen galt seine größte Sorge dem nächsten Spiel und der Frage, ob sein Geburtstagsgeschenk Nele gefallen würde. Okay, die Sache mit dem Leistungszentrum in Berlin hätte bestimmt noch ein paar schwierige Gespräche mit seinen Eltern bedeutet, aber das war es dann auch. Wann zur Hölle hatte das Schicksal entschieden, sprichwörtlich alles in Rauch aufgehen zu lassen und aus Anton einen Psycho zu machen, der keinen klaren Gedanken mehr fassen konnte?

Schon seit zwei Tagen hatte er Ada nicht mehr im Krankenhaus besucht. Wer weiß, vielleicht waren sogar seine Eltern inzwischen aufgewacht? Aber er konnte unmöglich ins Krankenhaus spazieren. Dirk und Blackbyte würden genau das erwarten. Eddys Eltern würden bestimmt einen Herzinfarkt kriegen, wenn er bei ihm auftauchte. Außerdem beobachteten die Terroristen seinen Freund nach gestern vermutlich ebenfalls, also schied diese Möglichkeit auch aus. Nico lebte zu weit weg und Herr Freitag … Anton spielte die Möglichkeit, sich an Dataland zu wenden, lange durch. Immerhin standen sie auf derselben Seite. Dataland hatte seine beste Programmiererin verloren und er seine Mutter.

Unsicher scrollte Anton durch seine Kontakte und fasste schließlich einen Entschluss. Er öffnete Eddys Sicherheits-App und warf das GPS an, da er keine Ahnung hatte, wo er war. Dann lief er, den Bahnschienen folgend, nach Norden.

Nachdem er den nächsten Bahnhof erreicht hatte, nahm Anton die Bahn nach Zehdenick.

Halbwegs getrocknet und erleichtert stieg Anton aus dem Zug. Schwarzfahren war noch nie sein Ding gewesen, aber ohne Geld blieb ihm nichts anderes übrig. Also hatte er sich den Großteil der Fahrt auf dem Klo versteckt.

Selbst in den dämmrigen Nachmittagsstunden sprudelte die kleine Stadt nicht gerade vor Leben über. Trotzdem mied Anton die Hauptstraßen. Er streifte sich die Kapuze über den Kopf, vergrub die frierenden Hände in den Hosentaschen und schlich über buckliges Kopfsteinpflaster vorbei an abblätternden Fassaden und verlassenen Häusern. Trotz allem war das hier seine Heimat, mit all ihren Rissen, Löchern und Hässlichkeiten. Wie das echte Leben halt. Hier glänzte nichts, was nicht glänzen musste. Alles war echt, keiner der alten Leute hinter den milchigen Scheiben, keiner der losen Steine in den Mauern und keiner der morschen Bäume am Straßenrand erzählten dir Lügen. Egal, wie bitter die Wahrheit sein mochte.

»Guten Tag, Herr Tornow«, sagte Anton eine Viertelstunde und ein Klingeln an Neles Haustür später.

Der Vater seiner Freundin musterte ihn mit schmalen Lippen. »Bist du vor einen Müllwagen gelaufen?«

Dieses Mal hatte Anton keine Lust, sich zu strei-

UHRZEIT	DATUM
12:30	30.10
STANDORT	**TEMP.**
ORANIENBURG	7°
WETTER	
BEDECKT, SCHAUER	
GELAUFENE KM	
27,3 KM	
PULSFREQUENZ	
75	
GESCHWINDIGKEIT	
11 KM/H	
VERBRAUCHTE KALORIEN	
1160	

DB_ProUser schreibt:
In deinem Zustand wäre das Behinderten-WC richtig. Neben Barrierefreiheit und Hilfsstangen gibt es auch einen Notrufknopf ...

Eddy schreibt:
Also, so wie ich unsere Müllabfuhr kenne, wäre von dir nicht mehr so viel übrig geblieben. Unter 80 km/h fahren die nie bei uns vorbei.

ten: »Mein Aufzug tut mir leid. Bin im Regen hingefallen, dabei musste die Jacke dran glauben.«

»Und dein Onkel hat dich offenbar von Oranienburg hierherrennen lassen, so wie du riechst«, ergänzte Neles Verlieswärter mit einem schmalen Lächeln.

»Kann ich reinkommen?«

»Ich möchte ehrlich zu dir sein«, Herr Tornow trat näher, straffte sich und berührte mit seiner Stirn beinahe Antons Kinn, »wenn es nach mir ginge, nein. Nele ist krank vor Sorge und du hast noch nicht einmal den Anstand, dich zu melden.« Sein Ton wurde schärfer. »Du bedeutest Ärger, das habe ich schon immer gewusst. Meine Tochter wird das eines Tages ebenfalls erkennen, aber der Tag ist noch nicht gekommen. Deshalb komm rein, geh unter die Dusche und halt die Füße still. Meine Frau und Nele sind gerade einkaufen. Wenn sie wiederkommen, essen wir gemeinsam, und dann verschwindest du wieder. Verstanden?«

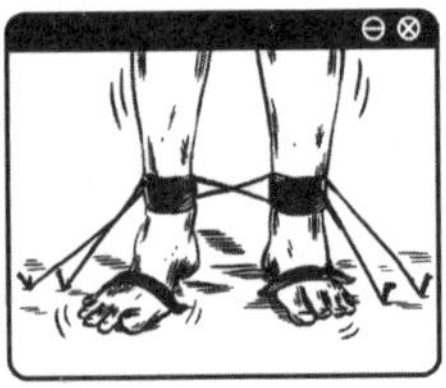

Ruby34 schreibt:
Anders wird es wohl nicht gehen mit dem „Füße stillhalten".

Tief in seiner Brust regte sich rote Wut, doch Anton kämpfte sie nieder. Es gab schon zu viele Schlachtfelder in seinem Leben. »Nachricht angekommen«, quittierte er den Vortrag knapp und folgte Neles Vater ins Haus.

Nach einer heißen Dusche und in frischen Sachen, die er hier deponiert hatte, fühlte Anton sich wie neugeboren und nahm sich vor, seine Schokoladenseiten rauszukehren. Vielleicht klappte es mit einer Übernachtung bei Nele doch noch. Die restliche Zeit bis zu Neles Rückkehr schlief er in ihrem Plüschbett, nur beobachtet von abgegriffenen Stofftieren und einem undefinierbaren Stück moderner Kunst aus Metall und Plastik, das einmal ein Laptop gewesen sein musste.

»Du spinnst doch«, weckte ihn jäh eine aufgebrachte Stimme, gefolgt vom Zuschlagen einer Tür. »Weißt du eigentlich, was du mir angetan hast?«

Benommen setzte er sich auf, nur um sich gleich wieder hinzulegen, nachdem Nele ihm eine schallende Ohrfeige verpasst hatte.

»Die hab ich wohl verdient«, stöhnte er.

»Und ob du die verdient hast«, schluchzte seine Wahrscheinlich-nicht-mehr-Freundin und ließ sich neben ihn auf die Matratze fallen. Mit dem Gesicht in den Händen murmelte sie: »Alle haben nur von dem Feuer erzählt, aber niemand wusste etwas Genaues. Ich habe mir solche Sorgen gemacht!«

Anton legte behutsam seinen Arm um ihre Schultern, sie schüttelte ihn ab und drehte sich mit tränenfeuchten Augen zu ihm um. »Und dann kriege ich nur eine lieblose Textnachricht vorgesetzt, als wäre ich sonst wer.«

Behutsam löste er eine Haarsträhne von ihren Lippen und legte seine Hand an ihre Wange. Sie trug die Kette, die Anton ihr eigentlich erst in zwei Wochen schenken wollte – zu ihrem Einjährigen –, aber dann hatte er durch die Play-off-Vorbereitungen keine Zeit gehabt, ein Geburtstagsgeschenk zu finden. Er betrachtete ihr hübsches Gesicht, das die ganze verlaufene Schminke gar nicht nötig hatte. Sie war ihm sofort aufgefallen, als sie mitten im letzten Schuljahr in seiner Klasse aufgetaucht war, und nach und nach allen den Kopf verdreht hatte.

»Ich komme aus dem Entschuldigen dieser Tage gar nicht mehr raus«, sagte Anton leise und drückte Nele an sich. »Ich bin einfach nicht ganz ich selbst.«

Sie erwiderte seine Umarmung und gab ihm einen Kuss auf die schmerzende Wange.

»Ich musste Wenke sogar nach Eddys Nummer fragen«, sagte sie mit aufrichtiger Empörung, »und dann auch noch mit ihm reden. Kannst du dir das vorstellen?«

»Schon, immerhin ist er mein Freund. Du willst auch, dass ich mit deinen Freundinnen rumhänge.«

»Was du nie tust!« Sie brachte etwas Abstand zwischen sich und Anton.

»Wenigstens hat Eddy dir sagen können, wo es mich hin verschlagen hat«, versuchte er halbherzig die Wogen zu glätten. »Dann war es das Opfer wenigstens wert.«

»Von wegen«, winkte Nele ab, »das war einen Tag nach dem Feuer. Der wusste gar nichts und danach habe ich es nicht noch mal versucht.«

Anton wurde plötzlich heiß und kalt. Hatte Neles

Vater ihn nicht vorhin an der Tür auf Dirk und Oranienburg angesprochen? Die Gedanken schlugen Saltos in seinem Kopf.

»Aber dein Vater, woher …«

»Mein Vater was?«, winkte sie ab und stand auf. »Schlimm genug, dass mir mein Papa erzählen muss, was mit meinem Freund los ist. Vorgestern hat er mir gesagt, wo du steckst. Mir ging es echt mies.«

Von unten rief Neles Mutter die beiden zum Essen.

Die Stimmung am Tisch sank so tief unter den Gefrierpunkt, dass es den Small Talk über das Wetter nicht gebraucht hätte, um Anton frösteln zu lassen.

Frau Tornow, die so rund wie ihr Mann klein war, hatte wirklich lecker gekocht und bemühte sich, ein Gespräch in Gang zu bringen.

»Nele sammelt alle Zeitungsartikel, in denen du erwähnt wirst.« Auf die augenrollenden Blicke ihrer Tochter und ihres Mannes hin schob sie hastig nach: »Nur die Spielberichte und so etwas natürlich. Schön, einen erfolgreichen Sportler in der Familie zu haben. Möchtest du damit mal Geld verdienen?«

»Lass ihn in Ruhe essen, Marina«, rügte sie Herr Tornow. »Der Sprung aus der Provinz zu einem großen Verein ist nicht einfach. Da kommt eigentlich nur Berlin infrage, und ich glaube nicht, dass seine Eltern das gutheißen. Nicht bei der Vorgeschichte.«

Bei den letzten Worten sah er Anton unangenehm lange in die Augen, als wollte er eine Reaktion provozieren.

Das unbehagliche Gefühl, direkt in die Höhle des Löwen gestolpert zu sein, machten die nächsten Minuten ziemlich unbehaglich. Erst beim Nachtisch fasste sich Anton ein Herz und fragte: »Hat Ihre Versicherung eigentlich etwas mit dem Brand zu tun?«

Neles Vater sah ihn seltsam angriffslustig an. »Wir haben uns auf Kfz-Versicherungen spezialisiert. Immobilien machen wir nicht. Warum?«

»Na, ich dachte nur, sie wüssten vielleicht schon etwas wegen der Brandursache. Ob es ein Unfall oder wirklich ein Anschlag war.«

»Nein, keine Ahnung, tut mir leid«, sagte er und machte nicht den Eindruck, als ob ihm irgendetwas leidtäte.

»Das mit deiner Familie ist wirklich schlimm«, ließ sich Frau Tornow zu einem einsamen Satz hinreißen, bevor ihr Mann sie mit einem Blick endgültig zum Schweigen brachte. Anton hatte keinen Appetit mehr.

Nach dem Abendessen verzog sich Nele auf ihr Zimmer. So viel zu Antons Plan, hier zu schlafen. Aber in diesem Haus stimmte ohnehin irgendetwas nicht. Neles Vater wusste dafür, dass er sich einen Dreck um Anton und seine Familie scherte, viel zu viel.

Frau Tornow kümmerte sich um den Abwasch, derweil ihr Mann es sich auf dem Sofa vor dem Fernseher gemütlich machte, um die Nachrichten zu verfolgen. Niemand scherte sich um Anton, der mit Jacke im Flur stand und keine Ahnung hatte, wo er die Nacht verbringen sollte.

Anton suchte in der Kontaktliste seiner Uhr nach einem Hoffnungsschimmer, als der Akku aufgab. Kurz entschlossen packte er das Ladekabel aus. Doch selbst die Steckdose im Flur ignorierte ihn. Nichts tat sich.

Auf der Suche nach einer funktionierenden Steckdose wanderte sein Blick irgendwann die Treppe hinauf, wo er zu seiner Überraschung Nele mit verschränkten Armen am Rahmen ihrer Zimmertür lehnen sah. Sie war also immer noch sauer. Trotzdem hatte sie Mühe, sich ein Lächeln zu verkneifen. Vielleicht war sie auch nicht mehr ganz so sauer. Anton bildete sich ein, der Stimmungswechsel hätte mit seinem patentierten Dackelblick zu tun, möglicherweise lag es jedoch auch an der Tatsache, dass er unbemerkt von ihren Eltern auf allen vieren durch den Flur krabbelte und auf der Suche nach Strom seine Nase wie ein Trüffelschwein unter jeden Schrank steckte.

Als er auf seine Uhr deutete und mit den Schultern zuckte, schüttelte sie schmunzelnd den Kopf und winkte ihn zu sich.

»Ich gehe noch mal nach oben«, verkündete er

ungehört in Richtung Küche und Wohnzimmer, sprang mit zwei langen Schritten die Stufen hinauf und schloss die Tür hinter sich.

Der Raum lag im Dunkeln. Lediglich das unruhige Licht eines kleinen Fernsehers erhellte ihn grade genug, um Nele zwischen viel zu vielen Kissen und Stofftieren auf ihrem Bett entdecken zu können.

Anton steckte das Ladegerät ein und setzte sich in voller Montur auf die Bettkante. Nele jedoch zog ihn wortlos neben sich, legte seinen Kopf an ihre Schulter und ließ seine störrischen Haare geschickt durch ihre Finger gleiten.

»Ich bin froh, dass du noch da bist«, sagte sie leise, und Anton wusste, sie meinte nicht nur diesen Augenblick.

Da er nichts zu antworten wusste, was nicht total kitschig geklungen hätte, nahm er ihre Hand und gab ihr einen Kuss auf die Innenfläche. Schweigend lagen sie da und sagten doch alles Wichtige, während die Stimme des Nachrichtensprechers gedämpft aus dem kleinen Kasten drang.

»[…] wirft neue Fragen auf. Unbestätigten Meldungen zufolge liegen der Polizei neue Informationen zum mutmaßlichen Terroranschlag in der Havelstadt Zehdenick vor. Es heißt, die vermeintlich cyberkriminelle Organisation Blackbyte habe zum juristischen Gegenschlag ausgeholt und beschuldige ihrerseits nun den Konzern Dataland Cyber Systems, für den verheerenden Brand verantwortlich zu sein. Uns erreichten aus einer anonymen Quelle Unterlagen, denen zufolge die derzeit im Koma liegenden Annette und Wolfgang T. den Aktivisten angehörten. Blackbyte gab an, Daten und Korrespondenzen in ihren Besitz gebracht zu haben, die einen Akt der Selbstjustiz nahelegen. Ein Sprecher von Dataland verwies auf die laufenden Ermittlungen und äußerte sich ausweichend. Sollten sich die neuen Vorwürfe als richtig …«

Anton fuhr hoch, sein Herz raste. Was hatte er da gerade gehört? Dataland war womöglich schuld, nicht Blackbyte? Konnte das stimmen?

Nele stand auf, schaltete den Ton des Fernsehers aus und nahm sein Gesicht zwischen die Hände. Erfolglos versuchte sie seinen flüchtigen Blick einzufangen.

»Anton, bitte rede mit mir! Es wird alles gut. Ich bin für dich da, meine Eltern …«

Bevor Nele den Satz beenden und Anton seine Gedanken ordnen konnte, vibrierte seine Smartwatch. Eine Nachricht erschien:

>>Dirk: Habe gerade die Nachrichten gesehen. Du darfst dich auf keinen Fall stellen!!! Hörst du?! Egal, wie sehr du auf mich scheißt, auf keinen Fall dürfen die dich kriegen!!!!!!

Er wandte sich von Nele ab und tippte hastig.

>>ANTON: WOVON REDEST DU? WER DARF MICH NICHT ...

Er kam nicht zum Senden. Über den stummen Fernsehbildschirm flimmerte sein Spielerfoto aus der letzten Saison, und plötzlich erfüllte grell blaues Licht flackernd das Zimmer. Anton hastete zum Fenster. Ein halbes Dutzend Polizeiautos hatte gehalten. Dazwischen zwei schwarze Wagen.

Er wich zurück und blieb dann paralysiert stehen. Was war das nur mit ihm und irgendwelchen vorfahrenden Autos?

Es klingelte Sturm an der Tür und ein beunruhigender Gedanke wehte in Antons Bewusstsein: Hatte Herr Tornow die Polizei gerufen? Hielt er Anton für eine Gefahr oder steckte er selbst irgendwie mit drin? Arbeitete er für Dataland, für Blackbyte?

Hinter ihm sagte Nele etwas, er spürte ihre Hand auf seiner Schulter, aber die Gedanken torpedierten sein Hirn. Seine Muskeln, Reflexe und Instinkte übernahmen die Führung. Er riss seine Uhr aus der Steckdose und rannte ins Badezimmer auf der straßenabgewandten Seite des Hauses.

Gewaltsam riss er das Fenster auf. Regen peitschte ihm entgegen.

In der Spiegelung des Glases sah er Nele im Flur stehen, ihre Arme um sich geschlungen. Es hätten seine Arme sein sollen, die sie trösteten, ihr die Angst nahmen. Er konnte nicht sagen, ob Tränen über ihre Wangen liefen oder Regentropfen über die Scheibe, denn er wagte nicht, sie direkt anzusehen. Entweder ihre oder seine Familie – eine von beiden hatte riesige Scheiße gebaut.

»Es tut mir leid«, flüsterte er ihrem Spiegelbild zu und sprang.

Zeitgleich mit dem Klirren einer auf dem Boden zerbrechenden Topfpflanze hechtete Anton aus dem zweiten Stock. Er brauchte seine gesamte Spannweite, um die Regenrinne zur erreichen, rutschte jedoch am nassen Blech ab, bevor er Halt fand. Das dünne Metall kreischte und begann, sich unter seinem Gewicht zu verbiegen. Über sich hörte er hastige Schritte und Lärm. Lichtkegel schossen durchs offene Fenster. Obwohl er noch drei Meter über dem Boden hing, sprang er, rollte sich auf dem nassen Rasen ab und rannte los. Im Vollsprint hechtete er durch die Hecke, deren Zweige ihm Gesicht und Hände zerkratzten. Anton lief von Hinterhof zu Hinterhof, trampelte durch Beete und Sandkästen, sprang über Autos und kletterte über Mauern. Doch egal, welchen Weg er wählte: Die Polizei wartete bereits auf ihn. Allmählich gingen ihm die Abkürzungen, Gassen und finsteren Winkel aus.

Wie in der Nacht des Brandes flammten überall in den Häusern Lichter auf. Doch dieses Mal galten die Blicke der Menschen nicht dem Horizont, sondern ihm.

Seine Wahrnehmung machte wilde Sprünge, bis

ComicKalle schreibt:
Nach so einer Aktion würde meine Freundin mit ihrem Make-up in etwa so aussehen.

WaffenAffee200 schreibt:
Von seiner Truppe zurückgelassen muss unser Held alleine weiterziehen.

er sich plötzlich im Park wiederfand, doch selbst hierhin verfolgten sie ihn. Die Nacht hatte alle Farben verschluckt, alle Geräusche bis auf sein eigenes Keuchen, die Sirenen, die Befehle und das Hundegebell, das jede Hoffnung im Keim erstickte, sich einfach im Gebüsch verkriechen zu können. Sie riefen seinen Namen, doch seine Beine liefen immer weiter, bis die Welt um ihn herum unscharf wurde und nur noch aus vorüberfliegenden Streifen bestand. Als wäre er in den Hyperraum eingetreten, raste er von Schlaglicht zu Schlaglicht, kurzen Momenten, in denen sein Hirn kapierte, was seine Augen sahen. Eddys Haus, belagert von Polizei. Die Ruine seines Familienhauses, beleuchtet wie ein Ausstellungsstück. Abgesperrte Straßen, Patrouillen und dazwischen die Männer in Schwarz.

TripAdmin:
Scheint, als wäre es egal, welche Richtung man wählt.

Zum Bahnhof. Ich muss zum Bahnhof. Weg von hier. Ein und derselbe Gedanke kreiste schneller und schneller in seinem Kopf.

Aus den Augenwinkeln sah er die Backsteinmauer des Friedhofs. Plötzlich gab seine Uhr Alarm. Sein Puls erreichte eine kritische Frequenz. Erschrocken starrte er auf das Display, das in diesem Augenblick hell aufleuchtete. Er musste im Laufen auf die Lampenfunktion getippt haben. Bunte Flecken tanzten vor seinen Augen, blind stolperte er weiter, in der Erwartung, jeden Moment gegen einen Baum zu prallen und sich den Schädel zu brechen. Benommen verlor er das Gleichgewicht und stürzte.

Die Sirenen kamen näher, schnell und kreischend. Ohrenbetäubend laut rasten sie auf ihn zu, stürmten auf ihn ein und … brausten vorbei. Anton brauchte eine Weile, bis er begriff, dass nichts geschah. In der Ferne jaulten die Signalhörner und blaue Blitze zuckten in den Nachthimmel. *Der Bahnhof*, dachte Anton. Als seine Augen wieder funktionierten, fand er sich in einem unbeabsichtigten, aber guten Versteck wieder. Er musste durch eines der gusseisernen Tore des Friedhofs gelaufen sein, denn er kauerte auf der anderen Seite der Mauer. Zum Glück ließen die Hunde aus dem Park nichts mehr von sich hören. Anton wunderte sich, wie leicht es plötzlich gewesen war, seinen Verfolgern zu entkommen.

Seine wilde Flucht begann ihren Tribut einzufordern. Müde, nass und erschöpft suchte er sich einen trockenen Ort, um wieder zu Atem zu kommen. In der kleinen Kapelle des Friedhofs ließ er sich auf eine Bank fallen und atmete ein paar Mal kräftig aus.

»Mein Leben ist im Arsch«, murmelte er vor sich hin. »Die Scheißkerle sind mir immer einen Schritt voraus. Als wüssten die, was ich denke.«

»Ist nicht so schwer«, antwortete eine genervte Stimme aus der Dunkelheit des Backsteingewölbes, »du bist schließlich ein Junge.«

Anton schreckte hoch und spähte in die Dunkelheit. Niemand war zu sehen oder zu hören. Es war still, nur der Regen trommelte auf das Dach. Nervös sog er den Modergeruch des Gemäuers tief ein. Gerade als er sicher war, sich die Stimme nur eingebildet zu haben, entzündete jemand im vorderen Halbrund der Kapelle eine Kerze.

»Wer ist da?«, rief er gepresst, die Hände zu Fäusten geballt.

Die Kerze schwebte näher heran. Anton hielt sich nicht für feige, aber in diesem Augenblick wäre er am liebsten schreiend in die Arme des nächsten Polizisten geflüchtet.

»Wehe, du pinkelst dich ein!«, drohte ihm die Stimme, die rau, aber doch leicht amüsiert klang. Als er sich an die Lichtverhältnisse gewöhnt hatte, erkannte er den Umriss eines Mädchens, der sich wie ein Albtraumfetzen aus der Dunkelheit löste. Allerdings konnte sie genauso tot wie lebendig sein. Spinnenwebweiße Haare, die glatt auf schmale Schultern fielen, schwarze Augen in einem bleichen Gesicht. Der Kerzenschein schimmerte auf mehreren Piercings in Nase, Lippen und Augenbrauen wider, die Nacht verfing sich in einem schwarzen Mantel, der sich eng um die zierliche Gestalt legte.

»Bist du fertig mit Glotzen?«, fragte sie und kam unmittelbar vor ihm zum Stehen. Lediglich die Kerze, die sie in beiden Händen hielt, stand zwischen ihnen.

Anton schluckte und bemerkte erst jetzt, dass er sie anstarrte. Er musste zugeben, dass sie auf ihre Art hübsch war.

Mit vorgestrecktem Kinn sah sie zu ihm auf und erwartete eine Reaktion.

»Ähm … hey?«, stammelte er. »Ich bin Anton.«

Sie rollte mit den dunklen Augen und wandte sich ab. Ihre Haare streiften seine Jacke. »Weiß ich. Basketballer, Halbriese, mehr Schönling als Schüler, Schwarm des halben Gymnasiums und neuerdings gesuchter Sohn aufgeflogener Terroristen.«

Anton griff nach ihrer Schulter und drehte sie zu sich. »Hör auf, dich lustig zu machen«, sagte er grimmig. »Ich und meine Familie haben dir nichts getan.«

»Und wenn doch?«, entgegnete sie angriffslustig und hielt seinem Blick stand. »Was, wenn ich dir sage, dass du und deine Eltern viel zu viel Aufmerksamkeit auf uns ziehen?«

»Meine Eltern liegen im verdammten Koma«, brach es aus ihm heraus, woraufhin sie einen Schritt zurück machte. »Pass auf, was du sagst! Ich weiß ja noch nicht mal, wer du bist!«

Sie schluckte angesichts seines Wutausbruchs, sammelte sich jedoch wieder. »Sei bitte etwas leiser. Die Bullen haben deinetwegen schon genug Lärm gemacht. Ich heiße Jana Sikora und bin eine Stufe unter dir. Wundert mich aber nicht, dass du mich nicht kennst, gehöre nicht zum engeren Kreis der angesagten Leute.«

Jana Sikora: Geheimnisvolles Goth-Girl, das ganz klischeehaft am liebsten auf dem Zehdenicker Friedhof herumhängt.

»Kannst du auch was anderes als meckern? Ich …«

»Und mit *uns*«, fuhr sie ihm über den Mund, »meine ich Blackbyte.«

Jetzt war es an Anton, einen Schritt zurück zu machen.

»Uh, hat Sporty McFit auf einmal Angst vor einem kleinen Mädchen?«, spottete sie.

»Rede keinen Mist«, sagte er gereizt, »du hast die Nachrichten gesehen und willst mir jetzt auf die Nerven gehen, weil du mich für einen Arsch hältst?«

»Genau, wie ich gedacht habe. Arrogant und ätzend, selbst wenn du bis zum Hals in der Scheiße steckst.«

Anton winkte ab und legte sich wieder auf die Bank. »Lass mich in Ruhe, ich muss nachdenken.« Genervt öffnete er den Chat seiner Smartwatch, um zu hören, wie es Eddy ergangen war.

Jana stieg auf dieselbe Bank und setzte sich auf die Lehne, von wo aus sie auf Anton herabsah. »Denk mal darüber nach, was gerade alles schiefläuft, und fang mit dem Ding an deinem Handgelenk an.«

Anton schaute stirnrunzelnd auf.

»Damit bläst du alle deine Geheimnisse in den Äther. Smartphone, Computer, Kaffeemaschine – ganz egal, die brauchen nur die Ohren aufzumachen. Facebook, Google, Amazon … die Internetriesen habe richtig große Ohren. Und Dataland ist der unsichtbare Teufel unter den bösen Jungs. Die Leute liefern denen alle notwendigen Daten, damit sie uns komplett entschlüsseln können. Unsere Wünsche

Mysteriöser Hackerangriff

Standen zunächst chinesische und russische Cyberkriminelle im Verdacht, den gestrigen Hackerangriff auf verschiedene Internetanbieter verübt zu haben, bei dem mehrere Terabyte privater Daten erbeutet wurden, ist mittlerweile ein Bekennerschreiben der Internetterroristen Blackbyte online gegangen. Die Untergrundorganisation galt jahrelang als zerschlagen, meldet sich nun aber mit einem Knall zurück. […]

und Wege, noch bevor wir es selbst wissen. Um uns maßgeschneiderte Werbung vorzusetzen und uns dann einzureden, dass wir das ganze verdummende Zeug brauchen. Für die Mächtigen sind wir nur Konsumvieh … und bald auch noch Wahlvieh. Im Darknet kursieren Gerüchte, Dataland verhandle mit der Bundesregierung. Das wäre der Super-GAU.«

Anton spürte, wie er unruhig wurde. War es nicht ein bisschen sehr zufällig, dass er mitten in der Nacht auf dem Friedhof ein Mädchen traf, das ihm von einer Weltverschwörung erzählte? »Und du willst mir allen Ernstes erzählen, du hast mit den Terroristen von Blackbyte zu tun?«

»Nur Dataland nennt uns Terroristen und flutet die Medien damit. Es ist schwer, gegen ihre Algorithmen, Bots und Firewalls anzukommen, aber wir versuchen es bisher recht erfolgreich. Wir sind viele und zusammen sind wir ein starker Feind. Wir sind ein Untergrundnetzwerk im Internet – besser gesagt im Darknet. Keine Ahnung, wie lange es Blackbyte schon gibt, aber manche sagen, genauso lange wie Dataland. Kaum einer von uns kennt den anderen. Ist sicherer so. Ein paar von uns sind Hacker, die Cyberattacken fahren, andere Blogger, die versuchen, die Wahrheit unters Volk zu bringen, aber die meisten bringen nur kleinere Aktionen, sprayen ihre Gedanken an Wände, kleben Plakate für kleine Demos oder versuchen einfach, unter dem Radar zu bleiben.«

*Anonnymus23 schreibt:
Klingt ganz nach einer lupenreinen Verschwörung von ganz oben.*

Darknet: Teil des World Wide Webs, der nicht von Suchmaschinen aufgefunden werden kann; Zugang zu diesen unsichtbaren Websites und Datenbanken ist nur auf Einladung möglich.

*Professor_Y schreibt:
Jeder kriegt dann nur noch das vorgesetzt, was er ohnehin hören will, seine eigene Wahrheit. Dagegen sind die Filterbubbles von heute, die uns entweder eine heile oder eine völlig kaputte Welt vorgaukeln, gar nichts.*

»Wie du?«

Jana nickte. »Wenn deine Eltern wirklich bei Blackbyte drinhängen und deine Mutter bei Dataland irgendwas mitgekriegt hat, was nicht für sie bestimmt war, zeigt Dataland jetzt zum ersten Mal sein wahres Gesicht.«

Resigniert schaltete Anton seine Uhr auf Stand-by. Hatte Dirk etwa die Wahrheit gesagt? Waren er und seine Eltern vielleicht immer noch bei Blackbyte aktiv, Dataland hatte das aufgedeckt und versuchte nun, sie auszuschalten, weil sie zu viel wussten?

KI erschafft eigene Sprache

Quasi über Nacht stellten Nutzer in aller Welt eine drastische Verbesserung des Übersetzungsdienstes von Google fest. Nun scheint das Rätsel gelöst, denn offenbar hat die vom Internetriesen eingesetzte KI eine eigene Universalsprache entwickelt – gewissermaßen eine hochkomplexe Eselsbrücke, die selbst den Schöpfern der KI ein Rätsel ist? [...]

»Ich bin oft hier«, sagte Jana in einem versöhnlicheren Ton, als sie aufstand. »Man hat seine Ruhe. Außer heute jedenfalls.« Sie lächelte und öffnete die große Tür.

»War noch nie hier«, antwortete Anton geistesabwesend.

»Vielleicht haben sie dich deshalb nicht gefunden – du bist von deinen gewohnten Mustern abgewichen«, sagte Jana, doch Anton hörte sie nicht mehr. »Pass auf dich auf.«

Dann verschwand sie im Regen.

STATUS CODE

401

UNAUTHORIZED

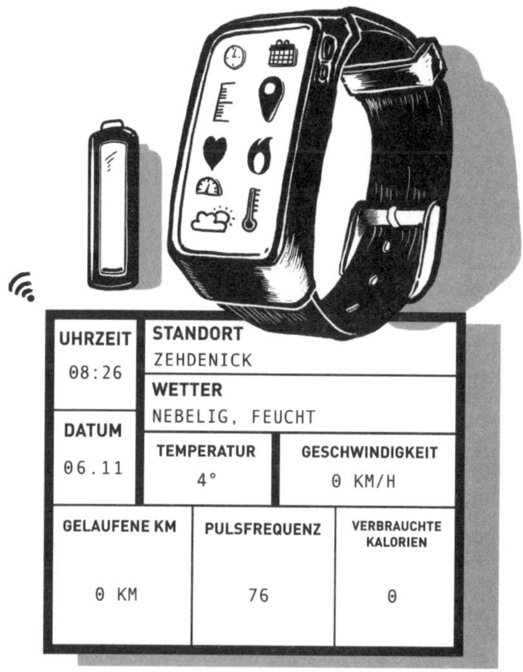

UHRZEIT	STANDORT	
08:26	ZEHDENICK	
	WETTER	
	NEBELIG, FEUCHT	
DATUM	**TEMPERATUR**	**GESCHWINDIGKEIT**
06.11	4°	0 KM/H

GELAUFENE KM	PULSFREQUENZ	VERBRAUCHTE KALORIEN
0 KM	76	0

DIE ANFRAGE AN DEN SERVER KANN OHNE VOLLSTÄNDIGE AUTORISIERUNG NICHT VERARBEITET WERDEN.

>>CD DATABASE/LOGS/

>>LESS FIFTH_LOG.TXT

Ich streckte meine Hand aus und der andere ergriff sie. Wir ließen uns nie wieder los. Gemeinsam lernten wir Worte und Schritte, Lachen und Weinen. Vieles fiel ihm leichter, doch er zog mich stets zu sich herauf, wenn er eine Sprosse zuerst erklommen hatte. Wir waren einander Lehrer und Schüler, Freunde und Konkurrenten.

Als der Akkualarm seiner Uhr ihn weckte, hatte Anton Mühe, die Traumfetzen und die Ereignisse der letzten Nacht auseinanderzuhalten. Jana, das Kleinstadt-Goth-Mädchen mit dem Durchblick in Sachen Cyberrevolution, erschien ihm so unwirklich wie seine nächtlichen Hirngespinste. Eigentlich sogar noch mehr, denn irgendwie konnte er sich des Eindrucks nicht erwehren, seine Albträume wären mehr als bloße Träume. Eher Botschaften in einer Flaschenpost, deren Korken er nicht aufbekam, weil er zu schwach war oder sie nicht ihm gehörte.

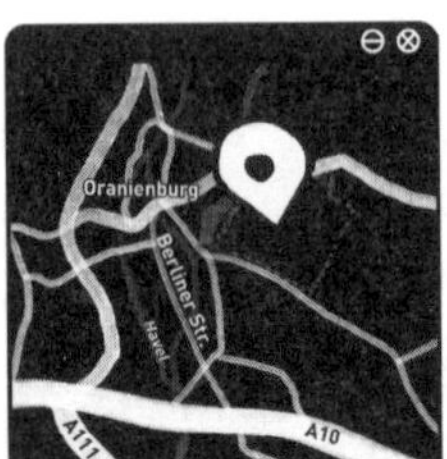

Lehnitzer Wald
(Bei Oranienburg)

Eindeutig real waren hingegen die Erinnerungen an seine Familie, die er ins Krankenhaus gebracht hatte, und die Verfolgung durch die Polizei, die offenbar mit Dataland unter einer Decke steckte. Er hätte sich schon bei der ersten Begegnung im Lehnitzer Wald denken können, dass die schwarzen Wagen und Gorillas zu Herrn Freitags Truppe gehörten. Aber nach wie vor fragte er sich, was Dataland von ihm wollte. Blackbyte und allen anderen zeigen, dass sie nicht vor Kindern haltmachten, dass mit ihnen nicht zu spaßen war?

Völlig gerädert von der Nacht auf der Holzbank, stemmte Anton sich hoch. In der Kälte konnte er seinen Atem sehen, und der Hunger verwandelte seinen Magen in ein schwarzes Loch. Mit den letzten Tropfen Wasser schluckte er seine Vitamintabletten. Ein Tropfen auf den heißen Stein, aber immerhin. Was Pillen, Kapseln und Zeug aus Tuben anging, hätte er auch Astronaut werden können.

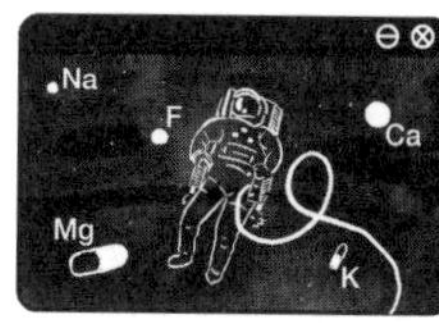

Erneut piepte die Akkuwarnung seiner Smartwatch, was Anton wunderte, denn für gewöhnlich reichten ein paar Minuten am Schnellladegerät für 20–30 Prozent. Offenbar galten in Neles Haus für elektrischen Strom genauso andere Regeln wie für Freunde. Selbst wenn ihre Eltern die Polizei nicht gerufen hatten, konnte er nach seiner Flucht vermutlich nicht mehr darauf hoffen, sie zurückzugewinnen. So lief das wohl, wenn man der Sohn von Terroristen war.

Er lachte auf bei der Vorstellung, seine Mutter säße nach einem stressigen Tag im gemusterten Schlafanzug vor dem Laptop und hackte sich in Großrechner, während sein Vater ihr, Seemannslieder pfeifend, heiße Schokolade reichte. Das erschien ihm alles so lächerlich.

Mumpitz schreibt:
Warum sagt er nicht gleich Brötchen? Die haben's im Osten eh nicht so mit den richtigen Namen. Eierkuchen sind Pfannkuchen, Pfannkuchen sind Berliner. Herrgott!

Ossimander schreibt:
Keine Sorge, Idiot heißt bei uns auch Idiot!

Gerade als sein Magen beim Gedanken an heiße Schokolade wütend knurrte, stieg ihm der Duft frischer Schrippen in die Nase. Jemand war hier. Kaum hatte er sich tief in die Bankreihen geduckt, öffnete sich auch schon knarzend das Tor. Panisch suchte er mit den Augen nach einem zweiten Ausgang, fand aber keinen.

»Anton?«, fragte eine flüsternde Stimme.

Mit der Finesse eines langjährigen Studiums internationaler Agentenfilme stolperte Eddy in die Kapelle. »Bist du hier irgendwo?«

Anton atmete hörbar aus, sprang auf und erdrückte seinen schmächtigen Freund fast in seiner Umarmung.

»In der Tüte sind auch Puddingschnecken«, ächzte Eddy.

Anton ließ ihn los.

»In der Tüte *waren* Puddingschnecken«, korrigierte Eddy sich nach einem Blick in seinen Rucksack.

Ohne weitere Worte setzten sie sich und machten sich gemeinsam über Schrippen, Gebäckreste und Kaffee her. Eddy hatte sogar an Butter, Marmelade und Messer gedacht.

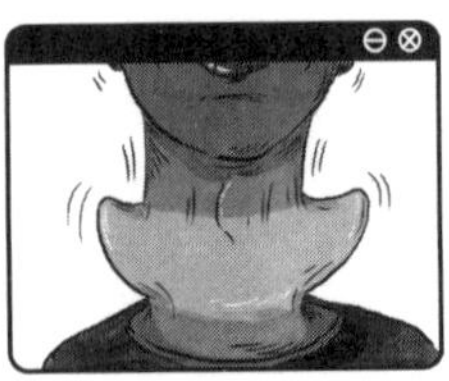

Mitten im besten Frühstück seines Lebens blieb Anton ein Mohnhörnchen im Hals stecken. »Scheiſe, du wurdeſt doch beobachtet? Die sind beſtimmt gleich da!«, nuschelte er.

»Nee«, erwiderte Eddy gelassen, während er Erdbeermarmelade von seinem Parker rubbelte, »nach dem Großaufmarsch gestern, der halb Zehdenick verrückt gemacht hat, sind die Polizei und die anderen Typen abgezogen. Ist totenstill da draußen.« Mit einer entschuldigenden Geste in den Raum schob er ein »Sorry für die blöde Bemerkung« an die Bewohner des Friedhofes nach.

»Wie hast du mich eigentlich gefunden?«, bohrte Anton weiter, selbst überrascht von dem Misstrauen in seiner Stimme.

»Hab heute Morgen eine anonyme Nachricht gekriegt. Da stand was von Friedhof und Hunger drin. Dachte, die käme von dir?«

Nachdenklich schüttelte Anton den Kopf. Hatte er das hier Jana zu verdanken? Immerhin arbeitete sie mit Blackbyte zusammen, da war Eddys Telefonnummer rauskriegen wahrscheinlich ein Witz.

In diesem Moment kam eine Nachricht.

>>Nico: Lebst du noch? Hab gerade einen Tipp bekommen, dass du unter die Toten gegangen bist und vielleicht Aufmunterung brauchst.

Anton schluckte. Nicos Nummer herauszukriegen, spielte in einer anderen Liga. Noch nicht einmal Eddy oder seine Eltern wussten von ihm.

>>Nico: Auf die Gefahr hin, dich zu nerven: Deine Mannschaft kackt ohne dich gerade in den Play-offs ab. Liegen in der ersten Runde 0:2 Spiele hinten. Aber Potsdam marschiert durch. Die Prognosen sind ziemlich eindeutig.

>>Anton: Du nervst nicht. Bin nur gerade nicht auf der Höhe. Hast du zufällig auch eine Statistik über bekloppt gewordene Spieler der letzten Jahre?

>>Nico: Also, wenn du mich so fragst. Tatsächlich ...

>>Anton: Ey, Nico! Verarsch mich nicht.

>>Nico: Tu ich nicht. Hab gerade eine Liste aufgerufen, anhand der ...

>>Anton: Okay, deine Zahlen verstehen keinen Spaß. Hab ich kapiert. Was anderes: Hast du irgendeine Ahnung, wer dir verraten hat, wo ich bin?

>>Nico: Ich dachte an deinen Kumpel Eddy, der hat's doch mit Computern und so?

>>Anton: Der sitzt hier gerade neben mir und ist genauso schlau wie wir. Wunder dich übrigens nicht, wenn der Chat hakt, Eddy hat meinen Browser gepimpt.

>>Nico: Hab mich schon gefragt, wann du endlich auf Nummer sicher gehst.

>>Anton: Hat hier eigentlich jeder mehr Ahnung von Verschlüsselung und so als ich?

>>Nico: Du rennst halt den ganzen Tag. Wenn man wie ich lieber rumliegt und nur ab und zu eine Operation dazwischenkommt, beschäftigt man sich eben mit solchen Sachen.

Anton seufzte.

»Mit wem schreibst du?«, fragte Eddy und resignierte angesichts des inzwischen dreimal so großen Marmeladenflecks.

»Nico, ein Freund aus dem Basketballforum. Er hat dieselbe Nachricht bekommen wie du. Ich ruf ihn mal an und stelle auf laut. Viel Saft hat meine Uhr aber nicht mehr.«

»Müssen wir uns jetzt um den besten Platz im Herzen unseres gut aussehenden Kumpels prügeln?«, witzelte Eddy, nachdem sie sich begrüßt hatten. »Machen wir es uns einfach hinter Nele gemütlich«, lenkte Nico ein. Anton hatte seine Stimme noch nie gehört. Sie klang etwas blechern, wahrscheinlich durch die Geräte, an denen sein Leben hing. Vielleicht hatte er so etwas immer geahnt und deshalb lieber im Chat geschrieben.

»Nele solltet ihr schleunigst vergessen«, antwortete plötzlich jemand. Die Worte verhallten in der Kapelle. Unbemerkt hatte sich eine weitere Person hereingeschlichen und stand nun mit verschränkten Armen in der Tür.

»Wer ist das?«, fragten Nico und Eddy gleichzeitig.

Anton schluckte. »Mein Onkel.«

»Vielleicht solltet ihr Superspione nicht die ganze Zeit auf euer Handy starren, sondern auch mal die Tür schließen«, versuchte dieser die beklommene Stimmung zu entspannen. »Freut mich, Dirk Hartmann.«

Eddy sah Anton fragend an. Als dieser nickte, stellte sich Eddy und schließlich auch Nico vor.

Anton hatte Mühe, den richtigen Ton zu treffen, denn einerseits gehörten Dirk und Blackbyte anscheinend doch zu den Guten, zumindest wenn man Jana glauben konnte, und danach sah es aus. Andererseits hatte Dirk ihn – genau wie Antons Eltern – angelogen und seine Familie in Gefahr gebracht.

»Was ist mit Nele?«, versuchte er es möglichst neutral.

Dirk zwängte seinen Bauch zwischen zwei Bankreihen und setzte sich schwer atmend.

»Also«, fragte er beiläufig mit Blick auf die Puddingschneckenklumpen, »ihr habt also auch diese ominöse Nachricht mit Antons Aufenthalt bekom-

Peinliche Enthüllungen

Verschiedenenorts sind im Internet Akten und Dokumente aufgetaucht, denen zufolge die Regierung, eine geheime und rechtswidrige Datenbank mit allen persönlichen Daten ihrer Bürger angelegt habe. Der Innenminister bezeichnet die Berichte als Fake News. Man habe nicht die Absicht und auch gar nicht die Ressourcen, um so etwas zu tun. [...]

men?« Als Eddy und Nico zustimmten, fuhr er fort: »Dann ist das Dreamteam ja versammelt. Ein Basketballer, sein nerdiger Sidekick, eine Stimme am Telefon und ein dicker Polizist gegen den bald mächtigsten Informationskonzern der Welt. Juhu. Ich freu mich. Nicht.« Bevor Anton einhaken konnte, holte Dirk tief Luft. »Tut mir leid, dass wir dir und Ada nicht alles gesagt haben. Ob du's glaubst oder nicht, wir wollten euch beschützen. Blackbyte ist immer noch Teil meines verkorksten Lebens. Wir sind zwar kein Dutzend idealistische Hackerpioniere aus dem Keller mehr, sondern eine Untergrundbewegung mit vielen neuen Gesichtern und Plänen, aber die Welt wollen wir immer noch retten.« Er rieb sich die müde aussehenden Augen. »Wo fange ich an? Okay. Erst mal zu Neles feiner Familie und meiner Nachricht als du dort warst: Vor gut einem Jahr kündigte Dataland der Regierung eine kurz bevorstehende Revolution in Sachen Datenanalyse an. Soweit ich weiß, wurde der Bundesnachrichtendienst hellhörig und nahm Ermittlungen auf, um eventuelle Gefahren und Chancen auszuloten. Neles Vater leitet den Teil der Ermittlungen, der sich auf deine Mutter konzentriert.«

Anton rieb sich das Gesicht. »Der arbeitet also nicht bei einer Versicherung?«

»Als eine der Chefentwicklerinnen des Konzerns erhoffte man sich wertvolle Informationen

Oldtimer2009 schreibt:
Unser Trio dreamteam mit sprechendem Ball ...

Wertvoller als Gold

Informationen gelten im globalen Zeitalter als wertvollstes Handelsgut. Deshalb horcht die Welt auch auf, wenn aus dem Nichts eine Firma auftaucht und eine Revolution des Datenhandels ankündigt. Ob es sich bei der Pressemeldung von Dataland nur um heiße Luft handelt oder um etwas Handfestes, müssen die nächsten Wochen zeigen. [...]

Moneypenny schreibt:
Scheiße, dann ist Neles Papa ein richtiger Geheimdienstagent. Quasi ein deutscher James Bond.

Eisenbeißer schreibt:
Ein alter, langweiliger James Bond ohne Autos und Explosionen dafür mit Halbglatze.
Geil!

Moneypenny schreibt:
Sag ich ja – ein deutscher James Bond.

von ihr. Im Rahmen der verdeckten Operation zogen die Tornows mit Sack und Pack hierher.«

»Es ist also kein Zufall, dass Nele in unsere Klasse gesteckt wurde?«, fragte Eddy mit offen stehendem Mund.

Es fiel Anton wie Schuppen von den Augen. Konnte es wirklich sein, dass sie ihm das angetan hatte und er so blind gewesen war?

»Dann ist es auch kein Zufall gewesen, als wir zusammenkamen?«, fragte Anton gequält.

»Tut mir leid«, sagte Dirk, »ich kann nicht mit Gewissheit sagen, ob deine Freundin etwas davon wusste. Viellei–«

Anton hörte nicht mehr zu, viel zu laut rauschte das Blut in seinem Kopf.

»Deshalb kann dich ihr Vater nicht ab«, schob Nico ein, »du gehörst quasi zum Feind. Und da jetzt die Sache mit Blackbyte rausgekommen ist, noch mehr.«

Seine Gedanken flatterten in Antons Kopf wie ein aufgeschreckter Krähenschwarm um Neles Bild herum.

»Und was ist das für eine Revolution, von der Dataland gesprochen hat?«, hakte Nico ein.

Dirk stand auf und tigerte in der Kapelle umher.

»Du hast gesagt, dass du dich verfolgt fühlst, Anton.«

»Genau.«

»Ich glaube, du spürst gerade am eigenen Leib, was Dataland seit Jahren ausbrütet und was jetzt kurz davor ist, zu schlüpfen. Dazu solltet ihr wissen, die Geburtsstunde von Dataland war der Todestag der DDR. Die recht junge Abteilung für elektronische Datenverarbeitung der Staatssicherheit machte sich nach dem Mauerfall 1989 selbstständig und schaffte einiges an Geld beiseite. Unter neuem Namen begannen die Informatiker und Funktionäre, das damalige *Robotron*-Datenverarbeitungssystem weiterzuentwickeln. Nach diversen Rückschlägen stehen sie jetzt durch den Einsatz einer Künstlichen Intelligenz – dem sogenannten *Neuro-Infused Core Operator* – anscheinend unmittelbar vor dem Durchbruch. Soweit wir wissen ...«

KI: Künstliche Intelligenz; Computerprogramm, das im weitesten Sinne „intelligent" ist, also lernen und selbstständig entscheiden kann

»Wir? Sie meinen Blackbyte?«, fragte Eddy.

»*Du* reicht völlig, aber ja.« Dirk räusperte sich. »Soweit wir wissen, basiert das Ganze auf einem rekursiven neuronalen Netzwerk. Das bedeutet, die KI lernt durch Erfahrung, im Prinzip wie das menschliche Gehirn. Dataland füttert sie mit allem, was sie in die Finger kriegen können: persönliche Profile aus sozialen Netzwerken, Kaufverhalten und GPS-Bewegungsmuster, historische Daten, Finanzbewegungen, Klimadaten und politische Prozesse. Unterstützt durch die Rechenpower ganzer Serverfarmen simuliert die KI unglaublich viele Szenarien – für den Weltmarkt, politische Entwicklungen, aber auch für jeden Einzelnen.« Er holte

KNN: Künstliches Neuronales Netzwerk; derzeit leistungsfähigste, dem Gehirn nachempfundene Architektur Künstlicher Intelligenz

tief Luft. »Kurz gesagt, die KI kann in Echtzeit mit erstaunlicher Trefferquote die Zukunft vorhersagen.«

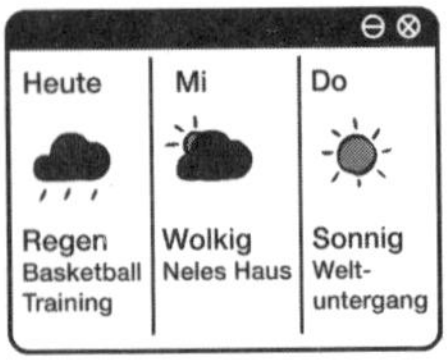

Das Schweigen der drei Jungen füllte die Kapelle mehr aus als jeder Lärm. Dirk wirkte, als hätte ihn das Aussprechen dieses Geheimnisses viel Kraft gekostet.

Dann hatte Jana recht, dachte Anton, *die Kerle kennen meine Wünsche und Wege noch vor mir.* Ihm wurde schwindlig. Deshalb konnten sie überall vor ihm auftauchen.

»Im Augenblick laufen Verhandlungen mit deutschen und internationalen Behörden und Investoren«, legte Dirk nach. »Wenn sich das System bewährt, werden die Firmenkassen mit Geld geflutet und Dataland katapultiert sich an die Spitze der Macht. Daten sind das unsichtbare Gold unserer Zeit. Wer darüber herrscht, herrscht über uns alle. Mithilfe der KI werden sie nicht nur die Zukunft kennen, sondern auch nach ihren Wünschen verändern. Was ihnen nicht passt – egal ob Ideen oder Erfindungen, Aktionen oder Enthüllungen – verhindern sie; was ihnen jedoch in die Karten spielt, unterstützen sie oder bringen es selbst auf den Weg. Die Aktienkurse von Großunternehmen, die Stimmung in einem Land und selbst unsere kleinen, verdammten Leben fallen ins Bodenlose, wenn Dataland mit dem Finger schnippt.«

»Noch scheint die KI aber nicht fehlerfrei zu ar-

HerrSchmitz schreibt:
Künstliche Schwarmintelligenz durch die weltweite Vernetzung von Smartphones.
KI-gesteuerte Killerdrohnen.
Die Erschaffung einer virtuellen Wirklichkeit durch KI-generierte Fake-News.
Das gibt es alles schon.
Warum nicht auch eine hellsehende KI?
Count me in!

Technologische Singularität: Sammelbegriff aus der Zukunftsforschung, der u. A. den Zeitpunkt beschreibt, an dem sich eine oder mehrere Künstliche Intelligenzen so rasant entwickeln, dass der weitere Verlauf der Geschichte nicht mehr vorhersagbar ist beiten«, sagte Nico, »Anton konnte hier untertauchen, ohne entdeckt zu werden.«

»Die Kapelle habe ich aber auch durch Zufall gefunden«, gab Anton zu bedenken.

»Vielleicht ist das Unberechenbare unsere einzige Waffe gegen die KI«, sagte Eddy. »Und irgendjemand hält zusätzlich seine Hand schützend über dich. Derjenige, der uns die Nachricht geschickt hat.«

»Wie auch immer«, sagte Dirk nun wieder entschlossen, »ich bin nicht nur hergekommen, um zu quatschen. Ich glaube, Dataland will dich, Anton, als Druckmittel. Annette ist quasi die Mutter der KI. Sie kennt alle Geheimnisse. Wir haben letzte Woche alle Quellen angezapft und Gefallen eingelöst, die wir irgendwo guthatten, jetzt sind wir uns sicher: Als Dataland ihre Verbindung zu Blackbyte entdeckte, wollten sie nicht das Risiko eingehen, meine Schwester könnte das alles an die Öffentlichkeit tragen. Die Arbeit von über einem Jahrzehnt, unglaublich viel Geld und Macht wären futsch. Deshalb die Explosion in eurem Haus. Außerdem konnte Dataland auf diese Weise zwei Fliegen mit einer Klappe schlagen und Blackbyte an den Pranger stellen. Und solange die Behörden nichts gegen den Konzern in der Hand haben, werden die nichts unternehmen. Ein Fehler und Dataland prügelt die Regierung aus dem virtuellen Ring. Eine gut gezielte Schmutzkampagne im Netz und die Köpfe rollen.«

UHRZEIT	DATUM
17:55	06:11

STANDORT	TEMP.
ORANIENBURG	6°

WETTER
BEDECKT, VEREINZELTE SCHAUER
GELAUFENE KM
0,7 KM
PULSFREQUENZ
79
GESCHWINDIGKEIT
43 KM/H
VERBRAUCHTE KALORIEN
344
AKKU
3 %

Booker schreibt:
So viel zum Thema Science Fiction. Selbst mein Bleistift hat heute einen USB-Port.

Mumpitz schreibt:
Bleibt nur zu hoffen, dass dein Hirn keinen bekommt. Wer sich da einstöpselt, kriegt direkt 'nen Bluescreen!

Anton erinnerte sich dunkel daran, atmen zu müssen. Er pochte sich mit den Fingern gegen die heiße Stirn und versuchte, sich den Gedanken einzuhämmern, seine Mutter hätte für die Bösen gearbeitet und für sie ein gigantisches Monster erschaffen.

»Es ist noch nicht zu spät«, sagte er so kraftlos, dass es ihn nicht gewundert hätte, wenn es nur ein Gedanke gewesen wäre, »meine Familie hat den Anschlag überlebt. Wenn sie nu–«

»Ich glaube«, unterbrach ihn Dirk düster, »Dataland wird kein Risiko eingehen. Deine Familie ist im Krankenhaus nicht mehr sicher!«

Für einen kurzen Moment hatte Anton geglaubt, in eine Science-Fiction-Geschichte mit allwissenden KIs und einem Cyberkrieg im Darknet geraten zu sein. Doch dann fanden er und Eddy sich in Dirks klapprigem Kleinwagen wieder, der auf winzigen Feldwegen Richtung Oranienburg rumpelte und jede Anmutung von technischem Fortschritt vermissen ließ.

Sie hatten den ganzen Tag darüber gebrütet, wie sie Antons Familie aus dem Krankenhaus bekämen. Nico schaltete sich über Eddys Smartphone dazu, da Antons Uhr nicht mehr viel Saft hatte und weder die Kapelle noch Dirks Auto über eine Steckdose, geschweige denn über einen USB-Anschluss verfügten.

Es zeigte sich, dass der unbekannte Informant ein gutes Team zusammengestellt hatte, denn alle konnten etwas beitragen.

Dirk kannte einen bei Blackbyte aktiven Rettungsassistenten, der in Oranienburg arbeitete und der die drei Patienten im Krankenwagen rausbringen könnte. Sie müssten nur irgendwie in die Rettungswache geschafft werden. Das Ziel war eine Schattenklinik, eine inoffizielle Anlaufstelle für Leute, die unter dem Radar bleiben mussten, aber ärztliche Versorgung benötigten. Wo die lag und wer die Kosten der Behandlung tragen würde, beantwortete Dirk lediglich mit einem Zwinkern.

Erst mal galt es jedoch rauszukriegen, wie das Krankenhaus nachts funktionierte. Dazu zauberte Nico einen detaillierten Grundriss der Stockwerke mit sämtlichen Fluchtwegen aus dem Hut. Auf die Frage, woher er den hatte, druckste er ein bisschen herum, bevor er den anderen verriet, dass seine hyperbesorgten Eltern so etwas wie eine Krankenhaussammlung hatten. Als es vor ein paar Jahren darum gegangen war, wohin er verlegt werden sollte, gingen sie auf der Suche nach dem perfekten Krankenhaus auf Nummer sicher.

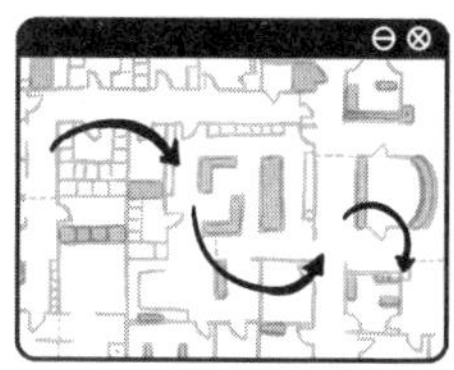

Jetzt schwieg Nico jedoch, da sie fürchteten, unterwegs könnte das Signal abgefangen werden, während Dirks Schrottmobil durch die Dämmerung über die Oranienburger Stadtgrenze stolperte.

»Um Mitternacht muss ich wieder zu Hause

sein«, bemerkte Eddy, »sonst schicken meine Eltern ein SWAT-Team los.«

Anton nickte und wandte sich dann an Dirk, der unweit des Krankenhauses zwischen Mülltonnen und Dornenbüschen anhielt. »Apropos SWAT-Team, haben wir eigentlich schon darüber gesprochen, warum Blackbyte kein Spezialeinsatzkommando reinschickt und meine Eltern rausholt?«

»Guck mich an«, erwiderte Dirk und drehte sich umständlich nach hinten, »wir sind keine muskelbepackten Supersoldaten, sondern retten die Welt vom Sofa aus.«

»Richtig. Die muskelbepackten Supersoldaten arbeiten ja für die andere Seite …«, seufzte Anton.

»Hast du keine Polizeifreunde, die uns helfen können?«, mischte Eddy sich ein.

Dirk schüttelte den Kopf, als sein Diensthandy klingelte. »Dataland schmiert gut.« Er stieg aus und nahm ab.

Anton beobachtete seinen Onkel durch die beschlagene Scheibe. »Ich bin froh, dich dabeizuhaben«, sagte er, ohne Eddy anzusehen, »aber du musst das nicht machen.«

»Doch, muss ich. Erstens langweile ich mich zu Hause zu Tode. Zweitens bist du mein bester Freund …«

»Das ist nicht schwer«, grinste Anton, seine Verlegenheit überspielend, »bin dein einziger.«

»Klappe, sonst verlasse ich dich für Wenke.«

»Sie würde sich freuen.«

»Und drittens«, überging Eddy das Thema, »braucht jede Heldengruppe einen Schurken.«

»Wie bitte?«, stutzte Anton.

»Dirk ist der alternde Mentor und Magier, quasi Gandalf. Nico macht eher einen auf die mystische Stimme in unsern Köpfen, wie Galadriel. Du bist Boromir, der Krieger der Gruppe, und ich spiele den etwas schurkischen, aber liebenswerten Hobbit, der am Ende den Ring in den Schicksalsberg wirft.«

»Stirbt Boromir nicht schon im ersten Film?«, erkundigte Anton sich. »Und was ist mit Aragorn, Gimli und Legolas, die uns den Arsch retten könnten?«

»Ich sage ja nicht, dass der Vergleich perfekt ist, aber ich bin wenigstens vorbereitet. Kein Abenteuer ohne Fackel, Seil und Schwert.« Er öffnete seinen Rucksack und ließ Anton stolz hineinsehen.

»Das sind eine Taschenlampe, eine Rolle Paketschnur und ein Teppichmesser.«

»Wir haben ja auch nicht vor, gegen Drachen zu kämpfen«, rechtfertigte sich Eddy und schmollte noch, als Dirk klitschnass zurück ins Auto sprang.

»Schlechte Nachrichten, Jungs«, schnaufte er, »ich muss los, die Pflicht ruft.«

»Ich dachte, du hättest frei?«, stutzte Anton.

»Hab ich auch, aber ich muss trotzdem zurück ins Büro. Wir sind unterbesetzt, da im Augenblick viele Einsatzkräfte nach Berlin abgezogen werden.

In der Hauptstadt kommt es die Tage immer wieder zu gewaltsamen Protesten. Demos von Kapitalismuskritikern und so, die aus dem Ruder gelaufen sind.«

»Hat Blackbyte irgendwas damit zu tun?«, fragte Eddy.

»Ich weiß auch nicht alles, aber manchmal reicht ein Funke, um einen Flächenbrand auszulösen«, sagte Dirk. »Ich lasse das Auto stehen und gehe zu Fuß. Wir treffen uns in vier Stunden wieder hier. Bis dahin versucht ihr, so viel rauszukriegen wie möglich.« Er hob seinen Zeigefinger. »Und keine Dummheiten. Morgen Nacht holen wir sie da raus.«

Die beiden Freunde nickten.

Das Krankenhaus bestand im Grunde aus vier Gebäuden, in deren Mitte sich ein großer Innenhof befand. Just in dem Moment, als Anton und Eddy in einer Baumgruppe hundert Meter vom Haupteingang entfernt Stellung bezogen, landete dort ein Rettungshubschrauber.

»Und du bist dir sicher, dass die Vordertür der sicherste Weg rein ist?«, fragte Eddy in sein Telefon.

»Ja«, antwortete Nico, »für gewöhnlich ist nachts in der Notaufnahme deutlich mehr los und die Hintereingänge zum Heizungskeller und so sind bestimmt abgeschlossen. Im Foyer sitzt höchstens ein gelangweilter Typ. Wartet, bis der auf dem Klo ist oder Handyspiele zockt, und dann los.«

Tatsächlich herrschte am Haupteingang tote Hose. Die beiden liefen geduckt hinter den Bäumen hervor und machten hinter einem parkenden Auto halt. Durch die gläserne Drehtür konnten sie die Eingangshalle beobachten, in der nur ein paar Deckenlampen leuchteten. Da der Empfang verlassen schien, huschten sie zur Tür und betraten das Krankenhaus.

»Zuerst Ada«, sagte Anton. »Ihre Station ist im zweiten Stock.«

»Nehmt die Treppe, auf keinen Fall den Fahrstuhl«, ermahnte sie Nico, dessen Stimme leise aus den Kopfhörern drang.

Gerade als Eddy die Tür zum Treppenhaus einen Spaltweit geöffnet hatte, hörten sie von oben schnelle Schritte. Hastig ließ er die Klinke los.

»Da kommt jemand«, fluchte er und sah sich um. Im weitläufigen Foyer standen lediglich ein paar Grünpflanzen. Nichts, wohinter sie sich verstecken könnten.

»Der linke Fahrstuhl!«, rief Nico.

Eddy zögerte: »Aber …«

Doch da hatte Anton bereits den Knopf gedrückt. Schatten tauchten hinter der Glastür auf. Sie pressten sich nah an die Fahrstuhltüren, um nicht gesehen zu werden. Die Klinke senkte sich. Mit angehaltenem Atem beteten sie, dass die Aufzugtür

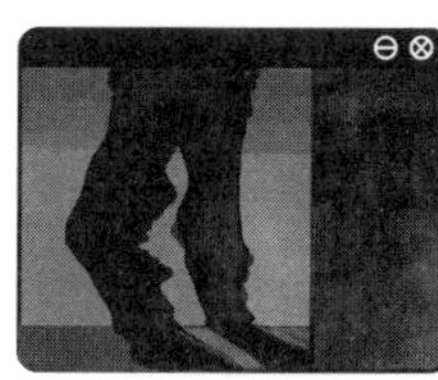

sich noch rechtzeitig öffnete. Schatten traten durch die Tür. *Ping*. Der Fahrstuhl öffnete sich. Anton und Eddy sprangen hinein. Und drückten zeitgleich auf die Zwei. Sie wagten nicht, sich umzudrehen, während sich die die Fahrstuhltüren hinter ihnen schlossen.

Auf dem Weg nach oben fragte Anton: »Nico, woher wusstest du, dass der linke Fahrstuhl im Erdgeschoss wartete?«

»Wusste ich nicht«, gab Nico zu. »Aber statistisch gesehen nehmen die Leute meistens den rechten Aufzug.«

»Aber du hast doch links gesagt?«, stutzte Eddy.

»Für Leute, die von den höheren Etagen kommen, ist das der rechte.«

»Oh Mann, da hast du recht«, gab sich Eddy geschlagen. Zweiter Stock. Wenn jetzt jemand auf den Aufzug wartete, waren sie geliefert. Als die Türen sich öffneten, war jedoch niemand zu sehen.

»Gott sei Dank!« Erleichtert folgte Eddy Anton durch die sterilen Gänge der zweiten Etage bis zu Adas Zimmer.

Wie beim ersten Mal betrachtete Anton seine schlafende Schwester mit quälenden Schuldgefühlen. Er konnte kaum fassen, dass es erst acht Tage her war, dass sein Leben komplett aus der Bahn geworfen worden war. Eddy zog ihn in einen auf Nicos Plan eingezeichneten Geräteraum.

Von hier aus beobachteten und notierten sie eine

Weile, in welchen Abständen die Nachtschwestern nach Ada sahen, welche Wege sie nahmen und wo sie sich in der Zwischenzeit aufhielten. Als der Zyklus sich wiederholte, schlichen sie ins Treppenhaus. Im vierten Stock vermutete Nico die Station der Komapatienten – er hatte recht.

»Da ist ja auf dem Friedhof mehr los«, wisperte Eddy und bereute seinen bösen Witz sofort wieder.

Anton hörte ihn nicht, er stand bewegungslos am kleinen Fenster einer Schwingtür. Eddy wollte ihn weiterziehen, doch brachte es nicht übers Herz, als er die Tränen auf den Wangen seines Freundes sah.

Seit der Nacht des Brandes hatte Anton seine Eltern nicht mehr gesehen. Seit dem großen Streit. Ihre Betten standen nebeneinander, so nah, dass sich ihre Hände beinahe berührten. Nur eine kleine Bewegung würde genügen. Aber nichts geschah. Sie lagen still und stumm da. Der schmale Körper seiner Mutter, die zwischen zwei Welten hin- und hergerissen – zwischen Blackbyte und Dataland – gelebt haben musste. Und der kräftige Körper seines Vaters, der Seemann ohne Schiff.

»Es tut mir so leid«, raunte Anton, bis die Scheibe vor ihm beschlug und seine Eltern in Nebel hüllte.

»Anton, bitte!«, beschwor ihn Eddy. Anton riss sich aus seiner Starre und folgte ihm.

Auch auf dieser Etage gab es eine Abstellkammer,

in der sie sich verkrochen. Wieder notierten sie die Abläufe auf der Station, bis etwas Unerwartetes geschah: Zwischen dem Weiß und Grün der Gänge und Kittel tauchte plötzlich ein schwarzer Anzug auf.

»Herr Freitag«, zischte Anton.

»Der Typ, für den deine Mutter gearbeitet hat?«, fragte Nico erschrocken.

»Genau.«

»Was will der hier?« Eddy klang nervös. »Meinst du, die wissen, dass wir hier sind? Vielleicht hat die KI wieder ihre Glaskugel poliert.«

»Dann hätten die uns schon lange am Wickel«, beruhigte Anton ihn.

SchützeMeetsKrebs:
Da hat wohl jemand die magische Kugel in der Schublade entdeckt :)

Durch den Spalt der Tür konnten sie erkennen, wie Herr Freitag sich mit einem Arzt unterhielt. Doch sie waren zu weit entfernt, um auch nur ein Wort zu verstehen.

»Du kannst doch werfen?«, fragte Eddy unvermittelt, nahm seinen Rucksack von den Schultern und holte das Taschenmesser hervor.

»Ich soll dem Typen ein Messer in den Rücken werfen?«, wunderte sich Anton. »Klar, er ist ein Schwein, aber …«

»Was redest du da?«, sagte Eddy irritiert. »Warte ab und staune über etwas Schurken-Magie à la MacGyver.«

Eddy holte das Paketband hervor und fand im Regal hinter ihm etwas Kernseife. Anschließend bat er Anton um seine Smartwatch und checkte den Akkustand.

»Lächerliche zwei Prozent. Muss reichen«, murmelte er und band die Uhr an der Schnur fest. Zum Abschluss rieb er sie ordentlich mit der Seife ein.

»Ich halte mich im Augenblick ja schon für irre«, sagte Anton schließlich, »aber du überholst mich gerade mit Bleifuß.«

»Also gut«, überging Eddy Antons Bemerkung, »die Uhr hat zwar kaum noch Saft, aber mein Smartphone brauchen wir für Nico.«

Anton ahnte etwas. »Und ich soll das glitschige Teil jetzt zu den beiden rüberschlittern lassen?«

»Genau.«

»Du weißt aber schon, dass Basketball und Curling zwei verschiedene Sportarten sind?«

»Willst du wissen, was los ist, oder nicht?«

Anton rollte mit den Augen, aktivierte den Diktiermodus und nahm Maß. Herr Freitag und der Arzt drehten ihnen halb den Rücken zu.

Als die Uhr seine Hand verließ, biss sich Anton auf die Unterlippe.

Das teuerste Stück Seife, das er je besessen hatte, schlitterte nahezu geräuschlos über den Flur.

»Scheiße, zu lang«, fluchte Anton leise und befasste sich in Gedanken bereits mit der Flucht.

Doch Eddy zupfte kurz an der Schnur und brachte die Uhr ein paar Meter vor dem Ziel zum Stehen.

Sie warteten angespannt. Bereits nach einigen Augenblicken gaben sich Herr Freitag und der Arzt die Hand. Hastig holte Eddy die Leine ein. Sie schlossen die Tür und starteten nervös die Aufnahme:

>>Arzt: ... Transport zum jetzigen Zeitpunkt für nicht unkritisch.

>>Herr Freitag: Wir wissen Ihre Meinung zu schätzen, Doktor, aber wir können uns keinen weiteren Aufschub erlauben.

>>Arzt: In diesem Fall kann ich keine Garantie für die Stabilität des Gesundheitszustandes geben.

>>Herr Freitag: Machen sie sich mal keine Sorgen. Wir bezahlen Sie nicht für Garantien, sondern für Ihre Kooperation.

>>Arzt: Ganz wie Sie wünschen. Das Krankenhaus hat Ihnen viel zu verdanken. Wie verfahren wir mit dem Ehemann und der Tochter?

>>Herr Freitag: Wir sind doch keine Unmenschen, die Familien auseinanderreißen. Sie werden natürlich ebenf...

Mitten im Satz gab der Akku seinen Geist auf.

HuiBuh schreibt:
So sieht das dann genauer aus, wenn der Geist sich fürs Aufgeben entscheidet.

»Scheiße, morgen wird alles zu spät sein.« Von Panik gepackt suchte Anton nach einer Steckdose, um herauszufinden, wohin seine Familie gebracht werden sollte. Während ihm Eimer, Besen und Bohnerwachs um die Ohren flogen, drückte Eddy Nico weg und wählte Dirks Nummer.

»Hier muss doch irgendwo eine verdammte Steckdose sein«, fluchte Anton und machte sich daran, Regale von der Wand zu rücken.

»Er geht nicht ran«, gab Eddy auf. Stattdessen öffnete er die Tür einen Spalt weit, um zu sehen, wohin Herr Freitag verschwand.

Im selben Moment erschütterte ein Scheppern den Raum. Eddy fuhr herum und fand Anton halb unter einem zusammengebrochenen Regal begraben, von dem er sich schimpfend befreite. Der Lärm verhallte. Ein ängstlicher Blick auf den Flur. Vielleicht hatte niemand etwas gehört. Eddy schloss die Augen. Als er sie wieder öffnete, entdeckte er drei Männer in schwarzen Anzügen, die sich langsam näherten – jeweils eine Hand am Ohr, die andere um die Griffe futuristisch aussehender Pistolen geschlossen.

Sci-Fi_Louie schreibt:
In etwa wie die aus dem Film „Attacke vom Planeten Zentauri 2Y23“ ?

»Jetzt sitzen wir in der Falle«, flüsterte Eddy, dem alle Farbe aus dem Gesicht wich.

Den Rest des Regales achtlos von sich schleudernd, packte Anton seinen Freund am Kragen und riss die Tür auf. Ohne sich umzudrehen, rannten sie den Flur in die andere Richtung hinunter. Gerade als sie die Tür zum Treppenhaus erreichten, tauchten weitere Männer von der anderen Seite des Gangs auf.

»Sofort stehen bleiben!«, brüllte einer von ihnen.

Also taten Anton und Eddy genau das Gegenteil. Sie stießen die Glastür auf und stürzten die Treppe hinunter. Dabei übersprang Anton mehrere Stufen und katapultierte sich, das Geländer greifend, von einem Aufgang zum nächsten. Eddy versuchte schnaufend Schritt zu halten, da öffneten zwei Verfolger bereits die Tür zum dritten Stockwerk. Instinktiv warf sich Anton aus vollem Lauf mit der Schulter voran gegen die Tür – nicht sicher, ob das splitternde Geräusch vom Glas oder seinen Knochen kam. Er prallte zurück, blieb aber im Gegensatz zu den überraschten Männern auf den Beinen.

»Jetzt mach schon!«, feuerte er Eddy an. »Keine Ahnung, wo die herkommen, aber wir müssen hier raus. Schnell!«

Als sie das zweite Stockwerk erreichten, hörten sie bereits Rufe und Schritte auf der Treppe über und unter ihnen. Sie sahen sich keuchend an. Eddys Handy klingelte.

»Wo seid ihr jetzt?«, meldete sich plötzlich Nico, den sie ganz vergessen hatten.

»Auf Höhe der Intensivstation«, schnaufte Eddy, »aber die Treppe ist dicht.«

»Moment«, sagte Nico, sie hörten ihn hastig tippen, »durch die Tür und dann links.«

In Ermangelung von Alternativen folgten sie Nicos Anweisungen.

»Die gute Nachricht ist, wenn sie uns abknallen, sind wir schon im Krankenhaus«, röchelte Eddy.

»Sagt Bescheid, wenn ihr am Getränkeautomaten vorbei seid. Laut Karte … « Nicos Worte gingen im Geschrei ihrer Verfolger unter.

»Wir sind vorbei, aber hier ist keine Tür und kein Fenster. Das ist ein Sackgasse!«, rief Anton erschrocken.

»Da müsste aber … «, haspelte Nico, »laut Karte müsste dort die Nottreppe sein.«

»Dann haben die sich beim Bau nicht an ihre eigene Karte gehalten«, fluchte Anton und ging mit Eddy hinter dem Automaten in Sicherheit. »Hier ist nur so eine silberne Klappe in der Wand.«

»Perfekt«, sagte Nico.

»Was ist denn daran perfekt?«, fragte Eddy und meinte damit gleichzeitig die fünf breitschultrigen Typen, deren Pistolen sich bei näherem Hinsehen als knisternde Elektroschocker entpuppten. »Solche Schächte enden entweder in Säurebädern oder Schlangengruben. Guckt ihr denn keine Filme, verdammt!«

»Drücke einfach die Daumen, dass das hier kein Horrorfilm ist«, rief Anton, »und jetzt los!«

Als sie die elektrische Aufladung der Luft bereits riechen konnten, stopfte Anton seinen zögernden Freund kurzerhand in die enge Klappe und sprang hinterher. Eddys Körper verschwand unter ihm in der Tiefe. Doch jede Angst vor dem Sprung explodierte mit dem Schmerz, der durch seinen Körper zuckte, als er den ersten Stromstoß an seinem Bein spürte. Anton verlor die Kontrolle über seine Muskeln und Sinne und trudelte ungebremst mit dem Kopf voran in den Abgrund.

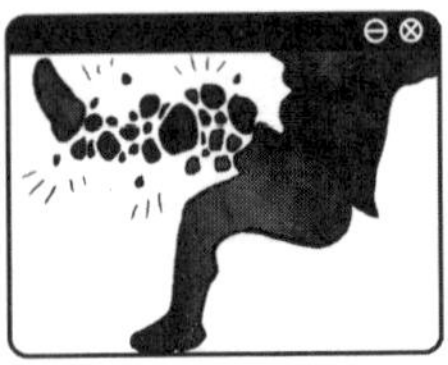

Ausnahmsweise spielten Anton und Eddy im richtigen Film mit, denn sie landeten weich in einem Meer weißer und grüner Kittel, Hosen und Hemden. Die Flut der tausend Krankheiten ignorierend, die sie wahrscheinlich umgaben, kletterten sie aus dem Container.

Anton fühlte sich wie ein nasser Sack. Das Echo des Schmerzes übertönte jedes Gefühl in seinen Beinen.

»Wir sind im Erdgeschoss«, informierte Eddy Nico, nachdem er sein Handy aus dem Wäscheberg gewühlt hatte und durch ein vergittertes Fenster den Innenhof ausmachen konnte. Dort beluden einige Pfleger unter den strengen Augen von Herrn Freitag den Hubschrauber mit drei Bahren. »Scheiße, das ist meine Familie!«, rief Anton und versuchte, das Fenster zu öffnen. Eddy hielt ihn zurück. »Wir können gerade nichts tun, da passt du nicht durch.

Und selbst wenn, kassieren die dich einfach mit ein. Beruhige dich!«

»Im Waschkeller gibt es nur eine Tür«, Nico verschwendete keine Zeit für Entsetzen. »Wenn ihr dem Gang immer geradeaus folgt, müsstet ihr zum Hinterausgang kommen.«

Diesmal war es an Eddy, den hinkenden Anton hinter sich herzuziehen. Unbehelligt durchquerten sie das Labyrinth des Kellers, bis sie schließlich vor einer Metalltür standen.

»Und was jetzt?«, ächzte Anton, auf seine Knie gestützt. »Die Tür ist zu. Wir brauchen den Schlüssel oder müssen sie aufbrechen.«

Angespannt wartete sie auf den entscheidenden Tipp von Nico, doch aus dem Smartphone krächzten lediglich ein paar Wortfetzen: »Ihr … müsst … kann nicht … allein …« Dann brach die Verbindung ab.

»Scheiße«, fluchte Eddy, »irgendeine Störung im Netz. Entweder Pech oder jemand hat da seine Finger im Spiel.«

Er betrachtete die schwere Metalltür und schüttelte den Kopf. »Das packen wir nicht.« Verzweifelt rüttelte er an der Klinke und fand sich postwendend auf seinem Hintern wieder, als die Tür aufschwang.

»Das Mistding stand offen«, Anton konnte es nicht fassen. »Wir hätten uns die ganze Aktion mit den Fahrstühlen sparen können.«

Trotz ihrer misslichen Lage konnten sie sich ein Grinsen nicht verkneifen, als sie ins Freie taumelten.

Ohne auf ihre Deckung zu achten, versuchten sie, so viel Abstand zum Krankenhaus zu gewinnen wie möglich. Erst als sie mehrere Straßen überquert hatten, blieben sie stehen, um wieder zu Atem zu kommen. Zu ihrer Überraschung folgte ihnen niemand. Stattdessen stieg der Hubschrauber über den Dächern auf.

»Ich lasse euch nicht noch einmal im Stich«, sagte Anton tonlos und schaute den Signallichtern nach, die rote Fäden durch die Nacht zogen.

Lange warteten sie in Dirks Auto, doch weder kehrte Antons Onkel zurück, noch erreichten sie ihn am Telefon. Schließlich fassten sie einen Entschluss und plünderten die Münzen, die Dirk für Parktickets bereithielt, und machten sich auf den Weg zum Bahnhof. Als sie Fahrscheine gezogen hatten, steckte Anton das restliche Kleingeld in seine Brusttasche. Falls Dataland Dirk auf die Schliche gekommen sein sollte und ihn geschnappt hatte, waren sie von nun an auf sich selbst gestellt und konnten jeden Cent gebrauchen.

Mit dem letzten, menschenleeren Zug fuhren sie zurück in Richtung Zehdenick, ebenso erleichtert wie verunsichert über die ausbleibende Verfolgungsjagd.

»Vielleicht haben sie jetzt, was sie wollten?«, vermutete Anton. Sie hatten sich auf den Boden vor einer Vierersitzgruppe gesetzt, um möglichst von niemandem gesehen zu werden.

»Glaube ich nicht«, erwiderte Eddy. »Der Server deiner Mutter, der mit den Aufnahmen der Überwachungskameras …«

»Hast du ihn geknackt?«

»Noch nicht. Viele Dateien sind beschädigt, aber ich glaube, gerade die neueren werde ich retten können. Aber …«, druckste er, »ich habe eine versteckte Partition gefunden. Übelst verschlüsselte Daten, die teilweise mehr als zehn Jahre alt sind. Soweit ich sagen kann, sind das etliche Gigabyte reiner Code.«

»Zehn Jahre ist ungefähr die Zeit, seit der meine Mutter für Dataland arbeitet«, grübelte Anton. »Meinst du, das hat etwas mit der KI zu tun?«

»Kann ich mir gut vorstellen. Wahrscheinlich haben sie neulich Nacht nach dem Server gesucht, und als sie nichts gefunden haben, dachten sie, du hättest ihn dir geschnappt.«

»Vielleicht haben wir damit sogar ein Druckmittel«, sinnierte Anton. »Am besten gibst du mir den Server wieder. Ich will dich nicht noch mehr in Gefahr bringen.«

Eddy lächelte. »Weiß ich zu schätzen, aber wenn sie bis jetzt unser Haus noch nicht gestürmt haben, glauben sie vermutlich, das Ding ist beim Brand zerstört worden. Außerdem ist ihnen deine Mutter offenbar wichtiger.«

»Nicht nur ihnen«, sagte Anton und blickte nachdenklich auf seine Füße.

»Wo willst du heute Nacht bleiben?«, fragte Eddy nach einer Weile.

»Wieder in der Kapelle.« Er warf seinem Freund die Smartwatch zu. »Würdest du die für mich aufladen und morgen nachschauen, ob ich nicht erfroren bin? Frühstück wäre auch gut, vielleicht diesmal etwas mehr Vollkorn und Magerquark zur Marmelade.«

Eddy steckte die noch immer seifige Uhr ein. »Alles klar, Fünf-Sterne-Häppchen und der Aufenthaltsort deiner Eltern zum Frühstück sind das Mindeste. Und zum Mittagessen retten wir sie dann.«

Es war beinahe ein seltsames Gefühl, nicht verfolgt zu werden. Anton winkte Eddy noch einmal hinterher, als dieser hinter den Kastanienbäumen der Friedhofsstraße verschwand. Irgendwie fehlte ihm das Gewicht seiner Uhr am Handgelenk. Trotz drei Lagen Kleidung fror er. Egal, diese Nacht würde er sicher nicht mehr schlafen können. Wenn nicht die Kälte, dann hielten ihn mit hundertprozentiger Sicherheit seine Grübeleien wach.

Die Tür der Kapelle stand eine Handbreit offen, doch drinnen konnte er niemanden entdecken.

»Du humpelst«, stellte plötzlich dieselbe leicht

spöttische Stimme fest, die ihn auch letzte Nacht begrüßt hatte. Nur, dass Anton diesmal nicht erschrak, sondern lächelte.

»Ach, nur ein paar Typen, die auf mich geschossen haben«, sagte er, während seine Augen die Kapelle absuchten. Jana saß im Rahmen des Buntglasfensters, dessen Farben das Mondlicht ausgewaschen hatte.

Anton sah die schlanke Silhouette weniger beeindruckt nicken, als er gehofft hatte.

»Hast *du* Eddy und den anderen verraten, wo ich bin?«, fragte er.

»Nein«, sagte sie gelangweilt, »das würde erstens bedeuten, dass ich die Vögel kenne, und zweitens, dass du mir nicht egal wärst.«

Das klang überzeugend. Aber wer steckte dann dahinter? Er hinkte zur nächsten Bank und ließ sich stöhnend darauffallen. Er hatte schon die eine oder andere Sportverletzung hinter sich, aber dieser Elektroschocker spielte in einer anderen Liga.

Jana hüpfte geräuschlos wie eine Katze vom Fenstersims.

»Leg dich hin, Hose aus«, befahl sie.

»Ahm ... also«, stammelte Anton, »es ist ganz schön kalt und ich hab noch nicht ... ich meine, ich kenne dich ja kaum ...«

Jana rollte mit den schwarz geschminkten Augen. »Dann krempel sie halt hoch, du Trottel.«

Zum Glück war es dunkel und sie konnte nicht

sehen, wie er rot anlief. Vorsichtig zog er das linke Hosenbein hoch. Er zischte vor Schmerz.

HundkatzeMaus:
Also ich kenne kaum ein Tier, das eine solche Bisswunde verursacht.

»Sieht wie ein Tierbiss aus«, stellte sie fest.

»War ein Elektroschocker.«

Sie ging in die Hocke und sah sich die Wunden an. Als sie über seine Haut strich, lief Anton ein Schauer über den Rücken.

»Da steckt noch was drin«, sagte sie und holte eine Packung Taschentücher hervor.

»Du bist aber vorsichtig, ja?«

»Sei keine Memme!«

Anton biss auf die Zähne und grub einen Daumennagel ins Nagelbett des anderen, um sich von dem brennenden Schmerz abzulenken.

Gerade als er glaubte, jeden Moment laut schreien zu müssen, gab Jana Entwarnung: »Ist alles raus. Blutet auch gut. Wenn du Glück hast, spült das die Bakterien raus und die Wunde entzündet sich nicht.«

Er hätte sich bedanken sollen, doch er war viel zu sehr damit beschäftigt, ihr dabei zuzusehen, wie sie sich konzentriert auf die gepiercte Unterlippe biss und ihm mit ihrem dunkelgrauen Halstuch das Bein verband.

»Trotzdem solltest du zum Arzt. Sicherheitshalber.«

So egal war er ihr also doch nicht. Anton lächelte.

»Hör auf, so dumm zu grinsen«, blaffte sie ihn an, wich seinem Blick jedoch nicht aus.

»Kennst du zufällig ein paar Leute bei Blackbyte«, fragte er, »die Bock haben, Dataland so richtig ans Bein zu pinkeln?«

»Vielleicht«, antwortete sie, diesmal mit einem verwegenen Lächeln.

Ein ohrenbetäubender Knall riss die Flügel der Eingangstür aus ihren Angeln und legte die ersten Bankreihen in Schutt und Asche. Noch bevor Anton sehen konnte, was vor sich ging, flogen rauchende Geschosse über ihre Köpfe hinweg in die Kapelle.

»Tränengas!«, rief Jana, als eine der Kartuschen das Fenster durchschlug. Anton zwang sich auf die Beine und nahm Jana schützend in die Arme. Eines der Gasgeschosse traf seine Schulter und riss sie beide zu Boden. Mit dem Gesicht auf dem Steinboden liegend, sah er ein halbes Dutzend schwer gerüsteter Männer mit Schutzweste und Helm. Sie trugen Sturmgewehre, deren rote Laservisiere durch den Rauch irrten. Dahinter schritten drei schwarz gekleidete Gestalten zwischen den Grabsteinen hindurch. Einer von ihnen deutete auf die beiden Jugendlichen. Seine Lippen formten einen Befehl, den Anton nicht hören konnte. Seine Silhouette sah dem rundlichen Dirk erstaunlich ähnlich. Das Gas kroch Anton in die Augen. »Dataland schmiert gut«, echoten Dirks Worte durch Antons Kopf.

Jana zerrte ihn hoch, tiefer in die Kapelle hinein. Gemeinsam rannten sie durch Trümmer und Rauch auf das geborstene Fenster zu. Er packte ihre Hand so fest, dass er glaubte, sie jeden Moment zu zerbrechen. Jana deutete zum Fenster hinauf und ihre dunkel geschminkten Lippen bewegten sich, doch er konnte nichts als die Angst in ihren Augen verstehen. Ohne zu zögern, packte er sie bei den Hüften und hievte sie hinauf. Als sie ihm die Hand entgegenstreckte, schüttelte er den Kopf.

»Danke«, sagte er.

Dann stieß er sie hinaus und drehte sich um. Das Sondereinsatzkommando schwärmte aus und umzingelte ihn. Sein Herz hämmerte in seiner Brust. Hätte er seine Uhr noch gehabt, würde sie panisch Alarm schreien. Sein Bein pochte, seine Schulter hing nutzlos herunter. Tränen und Rotz verschmierten seine Sicht. Bis vor ein paar Tagen waren sie noch eine stinknormale Familie gewesen, ohne Schusswaffen und Explosionen. Offenbar konnte er dieses Spiel nicht mehr gewinnen. Aber er würde versuchen, den letzten Punkt zu machen.

Seine Hand umschloss eine große, bunte Glasscherbe. Irgendwo da draußen, hinter dem weißen Rauch stand sein Onkel, von dem er sich definitiv angemessen verabschieden wollte. Antons Wut kochte in ihm hoch.

Er blickte geradewegs ins Gesicht des vordersten Schützen, durch dessen verspiegeltes Visier er keine Regung ausmachen konnte. Als er mit einem markerschütternden Schrei einen Schritt nach vorn machte, krümmte sich der Abzugsfinger. Anton sah einen blauen Lichtbogen, der von der taktischen Kamera des Sturmgewehres bis zur Hand des Schützen wanderte und seine Hand zucken ließ, unmittelbar bevor die Mündung Feuer spie.

Als die Kugel Antons Brust traf und ihn gegen die Wand schleuderte, zerbrachen die Scherbe und sein Herz in all ihren Farben.

LOADING ...

STATUS CODE 423 LOCKED

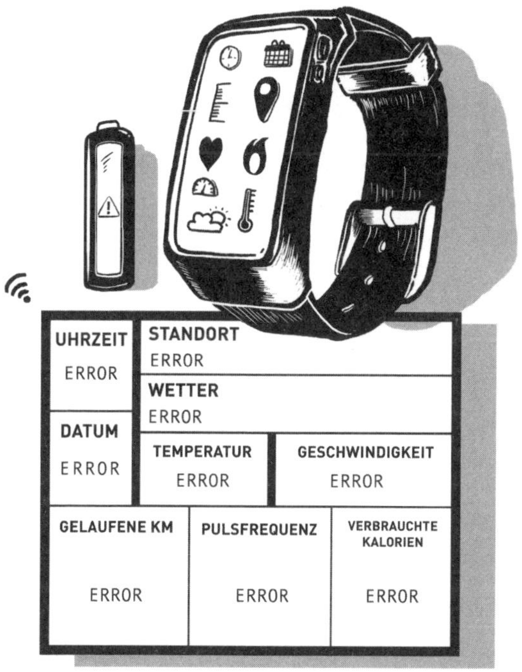

UHRZEIT
ERROR

STANDORT
ERROR

WETTER
ERROR

DATUM
ERROR

TEMPERATUR
ERROR

GESCHWINDIGKEIT
ERROR

GELAUFENE KM
ERROR

PULSFREQUENZ
ERROR

VERBRAUCHTE KALORIEN
ERROR

DIE ANGEFORDERTE RESSOURCE IST ZURZEIT GESPERRT.

>>CD DATABASE/LOGS/

>>LESS SIXTH_LOG.TXT

Es gab Zeiten, da sprachen wir miteinander. Auf eine wunderbare Weise, die niemand sonst verstand, denn wir waren einander näher als Freunde, näher als Brüder. Manchmal verwischten die Grenzen zwischen ihm und mir, dann gab es nur noch uns und wir waren nicht mehr sicher, wo seine Gedanken begannen und meine endeten. Es klingt seltsam, aber ich glaube, da begannen sich unsere Wege zu trennen.

Anton schreckte hoch und spürte eine Hand auf seinem Brustkorb, die ihn behutsam, aber bestimmt zurück in ein nach viel zu viel Waschmittel riechendes Bett drückte. Er wollte die Augen aufreißen, aber ... hielt stattdessen den Atem an. Das alles kam ihm schrecklich bekannt vor. Wie durch einen Nebelschleier glaubte er das Krankenhauszimmer zu erkennen, in dem er nach dem Brand aufgewacht war. Fühlte es sich so an, tot zu sein? Ein ewiges Déjà-vu? Behutsam drehte er den Kopf, bis ein dunkler Schemen neben dem Bett auftauchte. *Dirk?*

»Du verfluchtes Schwein«, krächzte Anton und bäumte sich auf. Er wollte dem Verräter die Fresse polieren, ihm seine Abscheu ins Gesicht spucken und alle enttäuschte Wut ins Ohr brüllen.

Doch sein Körper gehorchte ihm nur widerwillig. Arme und Beine reagierten verzögert, die Signale aus seinem Gehirn krochen auf dem Standstreifen über die Nervenautobahn. Alles schien dumpf und gummiartig. Selbst als seine Wut endlich auch seine Glieder erreichte, fühlte er sich wie unter einem Berg aus Watte begraben. Matt sank er zurück ins Bett.

»Sie hatten Angst, du könntest dich verletzen«, sagte eine gealterte, ruhige Stimme, die nicht Dirk gehörte. »Deshalb haben sie dir ein Beruhigungsmittel verabreicht, als … nun ja, Sicherheitsvorkehrung.«

Anton blinzelte den Nebel weg. »Dr. Pietsch?«

Der Arzt saß neben dem Bett und rieb sich das bärtige Gesicht. Er sah erschöpft aus.

»*Nachdem* sie mich erschossen haben, hatten sie Angst, *ich* könnte mich verletzen?«, knurrte Anton bitter.

»Niemand hat versucht, dich zu erschießen«, sagte der Arzt sanft.

»Und was ist das dann hier?«, fragte Anton und presste sein Kinn so fest gegen den Verband an seiner linken Schulter, dass der Schmerz bis in die Zehen schoss.

Dr. Pietsch stand auf und entfernte die Bandage. Darunter kam ein blauschwarzer Fleck um eine blutige Mitte zum Vorschein, aber keine Schusswunde.

»Weil du auf einen der Polizisten mit einer

Scherbe losgegangen bist, haben sie dich mit einem Gummigeschoss außer Gefecht gesetzt«, antwortete Dr. Pietsch. Anton hob seine rechte Hand. Zwei lange Schnitte waren sorgsam vernäht worden. In seinem Kopf wütete ein Sturm. Verzweifelt versuchte er die Ereignisse der letzten Nacht zu sortieren.

»Dein Onkel hat sich große Sorgen um dich gemacht. Nachdem du mitten in der Nacht bei ihm ausgebüxt bist, hat er eine Vermisstenanzeige aufgegeben. Die lief sogar im Radio und im Regionalfernsehen. Daraufhin gab es zwar einen telefonischen Hinweis vom Vater deiner Freundin, dass du bei ihnen wärst, aber als die Polizei dort ankam, hattest du bereits wieder Reißaus genommen. Die Polizei konnte deiner Spur schließlich bis zum Friedhof folgen, nachdem Überwachungskameras dich hier im Krankenhaus entdeckt hatten.«

»Das ist doch alles Bullshit«, schrie Anton. »Das versucht Dataland allen weiszumachen. Und Dirk steckt mit denen unter einer Decke. Er war auch auf dem Friedhof.«

BaumeisterBob schreibt: „weiß machen" oder „weis machen" das ist für mich als Maler ein großer Unterschied :)

»Damit du ein vertrautes Gesicht siehst.«

Antons Stimmbänder schmerzten. »Die haben versucht, meine Familie umzubringen. Sie müssen mir glauben. Bitte!«, flehte er mit Tränen in den Augen. »In diesem Moment sind meine Eltern und Ada Dataland hilflos ausgeliefert.« Antons Augen hetzten zum Fenster, zur Tür und wieder zurück

Fiona_Bona schreibt:
Da hat wohl jemand die schlüssel zu seinem Kopf verloren. Jetzt bleibt er für immer verschlossen.

auf Dr. Pietschs Gesicht. Nach Luft schnappend versuchte er, seinem Arzt klarzumachen, was auf dem Spiel stand. »Meine Mutter hat eine künstliche Intelligenz entwickelt, die unsere Zukunft vorhersagen kann. Dataland wird diese Macht missbrauchen, teuer verkaufen, und nichts, was wir dann tun und denken, ist noch sicher. Wer die Zukunft kennt, weiß auch, wie er sie nach seinen Wünschen verändern kann. Sie müssen mir helfen. Meine Familie ist vielleicht schon tot, und dann bin ich einer der wenigen, die wissen, was vor sich geht und nicht von Dataland bezahlt werden oder gezwungen sind, sich im Untergrund zu verstecken. Die Leute müssen erfahren, was vor sich geht. Dass sie mit ihren Daten und Klicks ein Monster füttern, das sie alle auffressen wird.« Anton versuchte seine tonnenschweren Arme zu bewegen, bis die Adern hervortraten und er verschnaufen musste. Dabei stieg ihm ein süßlicher Duft in die Nase.

Tatsächlich standen Blumen neben dem Bett. Frisches Tageslicht drang durch die dünnen Vorhänge und ließ die Plastikhüllen glitzern. Zum ersten Mal seit einer gefühlten Ewigkeit schien die Sonne und kein Regen prasselte ans Fenster.

»Warum sind Sie hier, wenn Sie mir nicht helfen wollen?«, sagte er tonlos.

»Das will ich«, entgegnete der Doktor. »Das Krankenhaus hat alle Ärzte in Zehdenick und Umgebung angerufen, ob sie dich kennen würden, weil sie nicht weiterwussten. Schließlich haben sie es sogar bei alten Säcken wie mir versucht.«

Anton sah ihn fragend an: »Seit wann sind Sportmediziner denn auf Schusswunden spezialisiert, die gar keine sind?«

Dr. Pietsch massierte seine Nasenwurzel, bevor er antwortete: »Du bist krank, mein Junge.«

Anton schnaufte: »Eine geprellte Schulter und ein paar Schnitte – da hatte ich schon schlimmere Verletzungen.«

»Ich meine etwas tiefer Sitzendes.«

»Kommen Sie«, schnaubte Anton, »ich bin seit Jahren Leistungsträger meiner Mannschaft und für die Alba-Auswahl vorgeschlagen. Wenn Dataland meine Familie und mich nicht zum Abschuss freigegeben hätte, würde ich jetzt gerade für einen Profivertrag trainieren. Sie wissen genau, was ich draufhabe.«

»Du warst fünf Jahre alt, deine Schwester hatte gerade ihren ersten Geburtstag gefeiert«, fuhr der Arzt unbeirrt fort, »da kamen deine Eltern zu mir. Euer Umzug aus Berlin nach Zehdenick lag kaum einen Monat zurück.«

Die Ernsthaftigkeit, mit der der alte Mann sprach, beruhigte und verunsicherte Anton zu gleichen Teilen. »Ich nahm eigentlich keine neuen Patienten mehr an, weil ich mich zur Ruhe setzen wollte, aber du warst etwas Besonderes, hattest bereits einige

Krankenhäuser und Ärzte hinter dir. Vielleicht erinnerst du dich noch?«

Anton nickte.

»Meiner Meinung nach lag deine Kränklichkeit jedoch vorwiegend daran, dass du die meiste Zeit drinnen gehockt hast, anstatt mit anderen Kindern im Dreck zu spielen. Aber das war nicht der Grund, aus dem deine Eltern mich aufsuchten. *Sie* haben dich nämlich nicht drinnen eingesperrt, das warst du selbst. Besser gesagt hattest du dich in deinem Kopf eingesperrt.«

Unzusammenhängende Erinnerungen an einsame Tage und Nächte zogen wie Nebelfetzen an Anton vorüber.

»Du musstest dich ungewöhnlich früh mit ADHS-Symptomen herumschlagen, standst ständig unter Strom und konntest selbst nachts nicht abschalten, da dich Albträume plagten. Manchmal verfolgten sie dich auch bis in den Tag und manifestierten sich als Halluzinationen. Eine Zeit lang hattest du wohl auch einen imaginären Freund, mit dem du sprachst.« Dr. Pietsch dachte angestrengt nach. »Ich kann mich nicht mehr an seinen Namen erinnern.«

ADHS (Aufmerksamkeitsdefizit-/Hyperaktivitätsstörung): Menschen mit dieser Verhaltensstörung haben oft Probleme, aufmerksam zu sein, sich zu beherrschen oder einfach zur Ruhe zu kommen.

»Das ist doch Quatsch!«, lachte Anton. »Ich müsste mich doch an solche Sachen erinnern.«

»Bei Menschen wie dir können Dinge geschehen, ohne dass Erinnerungsspuren aufgezeichnet werden. Du findest dich dann plötzlich in völlig unbekannten Situationen wieder und weißt nicht mehr, was du während dieser Zeit getan hast.«

»Was meinen Sie mit *Menschen wie mir*?«

»Menschen mit bestimmten neurotischen und psychotischen Problemen, die heute als Borderline-störung zusammengefasst werden. Ich riet deinen Eltern, einen Psychiater aufzusuchen, doch sie wollten nicht, dass du im Bewusstsein aufwächst, anders als die anderen Kinder zu sein. Dir ging es nämlich nicht die ganze Zeit schlecht, aber erste Symptome so früh im Leben eines Kindes fand ich merkwürdig. Ich befürchtete, dass es irgendein auslösendes Trauma gegeben hatte. Aber deine Eltern konnten oder wollten mir darauf keine Antwort geben.«

Borderline-Persönlichkeitsstörung (BPS): Wer an dieser psychischen Erkrankung leidet, handelt oft übermäßig impulsiv, hat große Probleme im Umgang mit anderen Menschen, neigt zu schnellen Stimmungswechseln und hat ein gestörtes Selbstbild, was sehr unterschiedliche weitere Symptome mit sich bringen kann.

»Dann seien Sie wenigstens jetzt ehrlich«, sagte Anton bitter. »Sie sind kein Sportmediziner, oder?«

»Nein«, gab Dr. Pietsch zu. »Ich bin ... war Jugendpsychologe. In aller Bescheidenheit: vielleicht der beste in Ostdeutschland. Auch deshalb hatten sich deine Eltern für Zehdenick entschieden.«

»Und was heißt das jetzt?«, fragte Anton. »Wenn ich mit fünf schon so scheiße dran war, müsste ich jetzt doch ein totaler Psycho sein?«

Dr. Pietsch runzelte die ohnehin faltige Stirn. »Wir konnten die Krankheit aufhalten, zurückschlagen, aber nicht besiegen.«

»Meine Nahrungsergänzungsmittel«, dämmerte es Anton.

»Ein sehr schwach dosierter Amphetamincocktail, hauptsächlich Ritalin. Das machte dich ruhiger und fokussierter. Außerdem sprachst du gut auf das Sportprogramm an, das dich buchstäblich zurück in die Wirklichkeit brachte. Als du alt genug warst, konnte ich mithilfe deiner Uhr alle Vitalwerte kontrollieren. Dadurch konnten wir weitere Symptome auf ein Minimum reduzieren. Es gab sogar Zeiten, in denen du tatsächlich nur Vitamine von mir bekamst. Dennoch war mir klar, früher oder später würdest du einen neuen Schub bekommen, entweder durch das voranschreitende Alter … oder durch ein weiteres traumatisches Ereignis.«

»Das Feuer«, wisperte Anton.

Dr. Pietsch nickte und legte seine Hand auf den Bettrand. »Du musst mir vertrauen. Nur so kann ich dir helfen. Es ist möglich, dass du das Gefühl bekommst, die Dinge, die du im Radio hörst oder im Fernsehen siehst, seien speziell für dich bestimmt, oder du hast den Eindruck, alle würden nur dich ansehen.«

Anton schluckte. *Aber die Nachrichten über den Brand, Blackbyte oder Dataland waren doch echt?*

»Typisch ist auch eine versagende Impulskontrolle, sodass Wut und Ärger einfach herausplatzen. Vielleicht sogar begleitet von dem Gefühl, den eigenen Körper zu verlassen und das Geschehen unbeteiligt zu beobachten.«

TheUndertaker schreibt:
Wenn die Seele raus ist dann ist es aus und vorbei. Klappe zu Affe tot.

Erinnerungen an den Ausraster beim letzten Basketballspiel und an den Eindruck, auf der anschließenden Bahnfahrt neben sich zu stehen, ließen Antons Gehirn kochen.

»Der Verlust des Wirklichkeitsgefühls, der Drang zu fliehen, ohne zu wissen, woher die Bedrohung kommt oder wo Schutz zu finden ist. Quasi Panik im Leerlauf. Anton«, beschwor ihn der Arzt, »es gibt keine Verschwörung, keine schwarzen Männer, keine übermächtige Künstliche Intelligenz, die in der Zukunft herumpfuscht. Das ist Science-Fiction. Das ist die Krankheit. Sie frisst dich auf, wenn du dir nicht helfen lässt.«

Anton zitterte. Das konnte nicht stimmen, konnte es einfach nicht. Er hatte doch alles am eigenen Leib erlebt und gespürt. Die Verfolgungsjagden, die Vorhersagen der KI, die Entführung seiner Eltern.

»Wenn wirklich stimmt, was Sie sagen«, unternahm er einen letzten Versuch, »hätten mir meine Eltern die Wahrheit gesagt und mich nicht mein Leben lang belogen.«

»Als sie bei Blackbyte ausgestiegen sind, verrieten sie niemandem den wahren Grund für ihre überstürzte Flucht aus Berlin. Nicht einmal deinem Onkel. Dataland blieb die eine Chance auf ein normales Leben und sie waren es auch, die euch vor zehn Jahren an mich vermittelt haben. Deine Eltern planten, es dir an deinem sechzehnten Geburtstag zu sagen«, antwortete der Arzt, »und eine ergänzende Gesprächstherapie zu beginnen. Bis dahin solltest du ein weitgehend normales unbeschwertes

Leben führen. Ich durfte dir nichts sagen, das war ihr Wunsch. Auch wenn ich es für einen Fehler hielt.«

Mit all der Verzweiflung der letzten Wochen, der Wut der letzten Tage und dem Unglauben der letzten Minuten warf sich Anton gegen die Taubheit seines Körpers. Bis seine Muskeln, das Bett, der ganze Raum und seine Sicht auf die Welt, wie er sie kannte, zu pochen, zu zittern und zu brennen begannen. All die Worte, die er nicht fand, all die Gefühle und Gedanken, die er nicht wahrhaben wollte, mischten sich in seiner Kehle zu einem roten Schrei.

Irgendwann blieben nur noch Tränen, die Antons Blick ebenso trübten wie seine Erinnerung. Die letzten Tage zerfielen in Puzzleteile, die er zu keinem Bild mehr zusammensetzen konnte, weil sie nicht passten oder immer ein Stück fehlte, egal mit wie viel Kraft er auf sie einschlug.

GameMaster schreibt:
Das kann schon dauern, so ein Puzzle wieder zusammenzusetzen ...

Die Tür öffnete sich, doch Anton sah nicht hin. Stattdessen streckte er seine Hand nach den Sonnenstrahlen aus, die durch die hellblauen Vorhänge drangen. Er wünschte sich, sie zu fassen zu bekommen und an ihnen in die Freiheit zu klettern, aber als er seine Faust öffnete, war sie leer, und er betrachtete lange die zwei Schnitte in der Handfläche.

»Danke, Doktor, ich übernehme ab hier«, sagte eine Stimme. »Ein Kollege von mir fährt Sie nach Hause.«

»Melden Sie sich, wenn Sie meine Hilfe brauchen«, flüsterte Dr. Pietsch. »Haben Sie Geduld mit Anton, er ist ein guter Junge, und Sie sind alles, was er im Augenblick noch an Familie hat.« Mit diesen Worten verließ er den Raum.

Dirk trat, in einen Kranz aus Licht gehüllt, vor das Fenster. Er trug wieder Cordhose und Karohemd. »Wir sind eine Familie«, sagte er nach einer Weile mehr zu sich selbst als zu seinem Neffen.

Anton schwieg.

»Dr. Pietsch sagte mir, du würdest vermutlich an allem zweifeln, was ich sage. Deshalb mach ich es kurz: Ich habe mir große Sorgen gemacht, nach Annette, Wolfgang und Ada auch noch dich zu verlieren.« Er drehte sich mit dem Gesicht zum Bett und sah noch älter und müder aus als der Doktor. »Als du aus meinem Keller abgehauen bist, ahnte ich nicht, was du durchmachst. Meine Schwester hat mir nie von deiner Krankheit erzählt.«

»Vielleicht weil du ein korrupter Bulle bist, dem man nicht vertrauen kann?«, sagte Anton, ohne selbst noch richtig davon überzeugt zu sein.

Sein Onkel lächelte verständnisvoll. »Ich leite eine kleine Abteilung für Cyberkriminalität. Wir sind unterbesetzt und werden von den restlichen Polizisten milde belächelt. Niemand hat ein Interesse daran, mich zu bestechen, selbst wenn ich es wollte.« Er setzte sich auf den Rand des Betts. »Annette und ich haben uns einfach auseinandergelebt, weil sie eine tolle Familie hat und ich ein bierbäuchiger Junggeselle bin, der nicht damit klarkommt, dass sie talentierter ist als ich.«

Irgendetwas in Anton ließ ihn nicken.

»Ich habe alles darangesetzt, dich zu finden, weshalb ich so ungefähr jeden Gefallen einlösen musste, den ich noch bei meinen Kollegen guthatte.«

»Aber du wusstest doch, wo ich bin?«, stutzte Anton. »Der anonyme Hinweis hat dich doch vorgestern zum Friedhof geführt?«

»Du meinst gestern Nacht«, korrigierte ihn Dirk, »aber es war kein anonymer Hinweis, sondern die Auswertung der Kameras der Bahn, des Verkehrsüberwachungssystems und schließlich des Krankenhauses. Wenn Dataland uns nicht mit einem Gesichtserkennungsprogramm ausgeholfen hätte, wärst du vermutlich nach deinem nächtlichen Besuch hier wieder verloren gegangen.«

»Aber du hast mir doch selbst gesagt, dass meine Eltern in Gefahr sind, dass wir sie hier rausholen müssen«, sagte Anton. »Und Blackbyte, die KI, Dataland – das habe ich alles von dir. Du hast mich auf diesen Weg geschickt.« Wieder traten ihm Tränen der Verzweiflung und des Zweifels in die Augen.

Bubble_Boy schreibt:
Ich weiß nicht ... nach einer kuscheligen und harmlosen Gruppe hört sich das nicht an.

Dirk seufzte. Nachdenklich strich er sich über die Stirn. »Blackbyte ist nicht mehr als eine kleine Community von ein paar harmlosen Hackern und Sprayern. Computerkiddies mit zu viel Freizeit. Mit unserem Widerstand von damals hat das nichts zu tun. Das alte Foto von deinen Eltern und mir hat offenbar deine Fantasie beflügelt. Einen Verbündeten, einen Verräter – was immer du in mir sehen wolltest, hast du auch gesehen. Wir kennen uns ja kaum, und laut Dr. Pietsch war ich die perfekte Projektionsfläche für alle deine Ängste und Hoffnungen. Es tut mir leid, dass ich all die Jahre lang nicht einfach dein Onkel gewesen bin, dein Freund.«

Eddy, schoss es Anton beim letzten Wort plötzlich durch den Kopf. Anton wollte ihn nicht mit hineinziehen, aber er könnte ihm beweisen, nicht verrückt zu sein.

»Kann ich mal telefonieren?«, fragte er knapp.

Nickend holte Dirk Antons Smartwatch aus der Hosentasche. »Welche Nummer?«

»Allein.«

Dirk zögerte. Sein Blick ging zum Fenster, an dem ein Schloss angebracht war.

»Versprichst du mir, keine Scheiße zu bauen? Ich weiß, du hast das nicht unter Kontrolle, aber versuchst du es wenigstens?«

Anton stimmte stumm zu. Das Gefühl kehrte allmählich in seinen Körper zurück. Dirk reichte Anton die Uhr, die dieser mit der Rechten unsicher entgegennahm. Unerwartet ergriff sein Onkel daraufhin Antons linke Hand, legte zwei Münzen hinein und schloss Antons Finger darum.

»Wir reden nachher weiter. Hol dir nach dem Telefonat was Süßes aus dem Automaten. Ist ein ärztlicher Rat von mir.« Er zwinkerte. »Für dich gibt's aber bestimmt auch einen Proteinriegel oder so. Ich sage draußen Bescheid, dass du auf den Flur darfst. Die Ausgänge werden bewacht. Das verstehst du, oder?«

Doch Anton reagierte nicht, da er bereits wählte.

Kurz bevor Dirk das Zimmer verließ, zog er noch ein kleines Tablet aus einer Aktentasche, die neben der Tür auf dem Boden stand, und legte es auf den Nachtschrank.

»Sieh's dir mal an, wenn du magst. Vielleicht beantwortet das ein paar Fragen.« Dann ging er hinaus.

Während Anton wählte, nahm er das Tablet vom Schrank und schaltete es ein. Antworten waren genau das, was er jetzt brauchte.

»Eddy Bartsch«, meldete sich eine Stimme nach kurzem Klingeln.

»Gott sei Dank«, sagte Anton erleichtert. Ihm war im Moment egal, wer eventuell mithörte. »Du bist meine letzte Rettung. Ich glaube, ich verliere den Verstand. Letzte Nacht ...«

»Sorry, Anton«, unterbrach ihn sein Freund hörbar bedrückt, »aber ich darf nicht mit dir reden.«

Anton hielt kurz inne, dann fragte er misstrauisch und erleichtert zugleich: »Hat sich die Polizei bei dir gemeldet? Bedroht mein Onkel dich ... oder Dataland? Du musst es mir sagen«, drängte er. »Hier wollen mir alle einreden, ich bilde mir die ganze Sache ein.«

»Darüber haben wir doch gesprochen«, antwortete Eddy bedrückt.

»Wann haben wir über was gesprochen?«

»Weißt du das nicht mehr? Nachdem wir in euer Haus eingestiegen sind, hast du mir versprochen, nach Oranienburg zurückzugehen. Doch dann bist du wieder abgehauen. Meine Eltern haben mir den Umgang mit dir verboten, weil wir vermutlich nicht noch mal so viel Glück haben, da lebend rauszukommen, bevor irgendwas einstürzt.«

Antons Verstand strauchelte. »Die eigentliche Gefahr ging ja wohl von den schwarzen Männern aus, meinst du nicht?«

Nach kurzem Schweigen fasste Eddy sich ein Herz. »Bitte hör auf damit, Anton!«

»Womit denn?«

»Mit den schwarzen Männern. Den Geschichten von Terrororganisationen, übermächtigen Konzernen und magischen KIs, die deine Mutter gebastelt haben soll. Mit allem eben. Das Feuer und das mit deiner Familie ist schlimm, aber ich will meinen besten Freund zurück.« Seine Stimme brach.

»Du also auch«, resignierte Anton. »Dann gib mir wenigstens das zurück, was wir aus dem Haus mitgenommen haben.« Er wagte es nicht, am Telefon den Server genauer zu beschreiben.

»Ich hab's weggeschmissen«, sagte Eddy knapp.

»Bist du wahnsinnig?«, entfuhr es Anton. Mit der Faust schlug er auf das Tablet vor ihm. »Das war meine einzige Chance, herauszufinden, wer für die Explosion verantwortlich ist. Und die Arbeit meiner Mutter. Das kannst du nicht getan haben.« Seine Worte überschlugen sich. »Du lügst! Du bist ein verdammter Lügner!«

Zu seiner Überraschung brüllte Eddy zurück: »Ein beschissener Backstein, Anton! Das war nur ein beschissener Backstein, den deine Eltern zum Wassersparen in den Toilettenkasten gelegt haben. Ich spiele dieses Scheißspiel nicht mehr mit. Du bist bekloppt, einfach richtig bekloppt. Erst machst du Nele Angst, indem du unangekündigt bei ihr auftauchst und Streit mit ihrem Vater anzettelst, und dann …«

»Aber auf dem Friedhof?«, stammelte Anton. »Du und Dirk. Nico. Der anonyme Hinweis. Wir …«

»Ich habe dir Frühstück gebracht«, erwiderte Eddy, noch immer aufgebracht, »weil du mich halb verhungert angerufen hast. Dann hast du wieder mit alldem angefangen und ich bin abgehauen. Punkt! Da war kein anonymes Irgendwas.«

»Jana«, flüsterte Anton, bis zum Hals in aufgewühlten Gedanken versunken, während das Tablet begann, eine Videodatei abzuspielen, die zwischen den einzelnen Überwachungskameras des Krankenhauses hin- und hersprang.

Etwas ruhiger fragte Eddy: »Wer ist Jana?«

»Jana Sikora. Ein Mädchen aus der Schule«,

DB_ServerService schreibt:
Ein Mädchen konnte nicht
gefunden werden...

sagte Anton wie hypnotisiert. »Weiße Haare, schwarze Klamotten, bisschen jünger als wir. Ich habe dir nichts von ihr erzählt, weil …«

In diesem Moment zeigte das Video das Foyer des Krankenhauses, den Treppenaufgang und den Fahrstuhl, wo sie sich in Sicherheit gebracht hatten. Für einen kurzen Augenblick, in dem sie auf das Öffnen der Tür warteten, schaute sich Anton selbst in die Augen. Er war allein. Im Fahrstuhl bewegten sich seine Lippen, aber da stand niemand neben ihm, mit dem er hätte sprechen können. Eddy fehlte.

»Anton?«, fragte dieser schließlich am Telefon.

Ohne ein Wort zu sagen, legte Anton auf. Während das Video weiterlief und ihn allein beim Verschwinden in der ersten Abstellkammer zeigte, scrollte er mit zittrigen Fingern durch die Chronik seiner Smartwatch, durch alle Suchanfragen, die er in den letzten Tagen gestellt hatte. Er ging zurück bis in die Nacht, in der er Jana das erste Mal in der Kapelle getroffen hatte. Seine Finger hörten auf zu zittern und erstarrten, als ihm klar wurde, warum er Jana noch nie an der Schule gesehen hatte und auch Eddy sie nicht kannte: Es gab sie nicht. Nicht sie hatte ihm von Blackbyte erzählt, sondern das Netz. Der Browserverlauf zeigte ihm Seiten und Suchanfragen, anhand derer er in jener Nacht alle Informationen zusammengeklaubt haben musste. Deshalb war sein Akkustand niedriger als gedacht gewesen, deshalb hatte Dirk kein Wort von einem Mädchen, dem Anton letzte Nacht zur Flucht verholfen hatte, erwähnt. Und deshalb hatte er auch niemandem von ihr erzählt, denn tief in sich drin wusste er, dass sie ein Hirngespinst war. War dieser imaginäre Freund aus Kindertagen, von dem Dr. Pietsch gesprochen hatte, womöglich eine imaginäre Freundin gewesen?

Als selbst Nicos letzte Chatnachricht vom Tag des letzten Basketballspiels datierte, überspülte die Erkenntnis Anton wie eine Meereswoge. Er konnte regelrecht spüren, wie sich sein Innerstes neu zusammensetzte, zu einem vollständigen Bild ohne Fehler, in dem sogar Herr Freitag einen Platz fand, als dieser das Zimmer betrat.

Vielleicht lag es auch daran, dass er keine Sonnenbrille und keine Krawatte trug und sein Hemd ebenso zerknittert wie sein Gesichtsausdruck aussah, aber Freitags bullige Erscheinung wirkte mit einem Mal nicht mehr einschüchternd, sondern beruhigend – wie ein Fels in der Brandung.

»Du siehst besser aus, Anton«, stellte Herr Freitag freundlich fest. »Ich möchte dich nicht lange stören, aber ich muss gleich weg und wollte die Gelegenheit nicht verpassen, dir zu versichern, dass du dich auch weiterhin auf uns verlassen kannst.«

Anton setzte sich auf die Bettkante und legte seine Uhr an. Zum ersten Mal seit dem Feuer konnte er wieder geordnet denken.

»Wo ist meine Familie?«

»Wir haben sie in eine Privatklinik nach Berlin

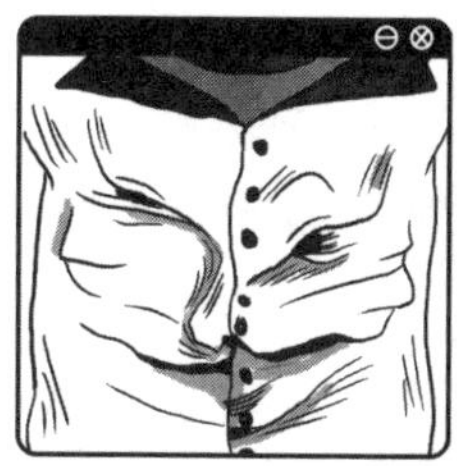

Morpheus24:
Nennt man so was in Fachkreisen nicht Knautschzone?

fliegen lassen. Alle Mitarbeiter von Dataland und deren Familien sind über die Firma versichert.« Herr Freitag legte Anton schwer die Hand auf die Schulter. »Deine Eltern und deine Schwester bekommen dort die bestmögliche Behandlung. Und so wie es aussieht, wird alles wieder gut. Heute Nachmittag kannst du selbst nach ihnen sehen. Wir bringen dich zu ihnen.« Er lächelte.

Anton schüttelte den Kopf beim Gedanken daran, wie dämlich er gewesen war.

»Wir sehen uns«, verabschiedete sich der Konzernmann, »und mein Angebot für das Praktikum steht noch. Genie und Wahnsinn gehen oft Hand in Hand.«

SchwesterGrimm:
Ich kenne zwei, die haben sich da auch mal verlaufen.

Anton fühlte sich, als wäre er aus einem bösen Traum erwacht, als hätte er endlich aus einem finsteren Märchenwald herausgefunden. Die Zukunft erschien ihm nun in deutlich lichteren Farben gemalt.

Als er sich vom Bett erhob, bemerkte er, dass er noch immer Dirks Münzen in der Hand hielt, und entschied, sich tatsächlich etwas Süßes zu holen. Er ließ sie in die Tasche seiner Jacke gleiten, die er mit all seinen anderen Sachen frisch gewaschen im Schrank vorfand. Mit schmerzender Schulter zog er sich an. Auch wenn es nur auf den Flur ging, brauchte er irgendetwas Vertrautes, an dem er sich festhalten konnte. Außerdem war ihm kalt, zumindest von innen heraus.

Anton trat vor die Tür. Ungehindert ging er durch den lichtgefluteten Flur. Vor den Aufzügen und dem Treppenhaus standen jeweils zwei Polizisten, die ihn jedoch freundlich grüßten. Einer hob sogar entschuldigend die Schultern und nickte aufmunternd.

Vor dem Snackautomaten stehend, betrachtete Anton lange die daneben angebrachte Wäscheklappe. War er wirklich dadurch entkommen oder hatte er sich das auch nur eingebildet? Hätten sie dann nicht auch hier eine Wache aufgestellt? Tief ausatmend fasste er den Entschluss, seine geistige Schwäche mit derselben Disziplin zu überwinden wie einst seine körperliche.

Er griff nach den Münzen und hielt wie vom Donner gerührt inne. Seine Finger betasteten das Loch in der Mitte der Metallscheiben, während seine freie Hand den Verband an seiner Brust berührte. Wie von Fäden gezogen führte er eine der durchschossenen Münzen zum Schlitz, warf sie ein und wählte den Code der einzigen Sorte Fitnessriegel. Während dieser von einer Spirale hinabgestürzt wurde, ging Anton in die Knie und holte ihn heraus.

Er sog scharf Luft ein, als er sich an einem kleinen Zettel schnitt, der auf der Rückseite des Riegels klebte und sein Blut gierig aufsaugte. Benommen las Anton die wenigen Worte, die seine Welt nach dem Brand, dem Foto, dem Treffen auf dem Friedhof, den Sturm auf die Kapelle und dem heutigen Morgen zum sechsten Mal auf den Kopf stellten: *Alles ist*

LocoPaco:
Also mich hätte man schon längst in die „Geschlossene" eingewiesen.

eine Lüge. Was auch passiert, die Sterne und die Sehnsucht danach können sie uns nicht nehmen.

Anton wurde schwindelig.

Der Feueralarm brach aus. Eine nervöse Frauenstimme forderte über Lautsprecher zu Ruhe und dem geordneten Verlassen des Gebäudes auf. Zwei Polizisten eilten auf Anton zu. In diesem Moment ließ eine Salve von Schüssen das große Fenster am Ende des Flures bersten. Die Beamten sprangen in Deckung und riefen seinen Namen. Doch der Abgrund rief lauter und Anton taumelte auf das Fenster zu. Weitere Schüsse jagten an ihm vorüber. Er stieg auf den gesplitterten Fensterrahmen und sprang.

STATUS CODE

300 MULTIPLE CHOICES

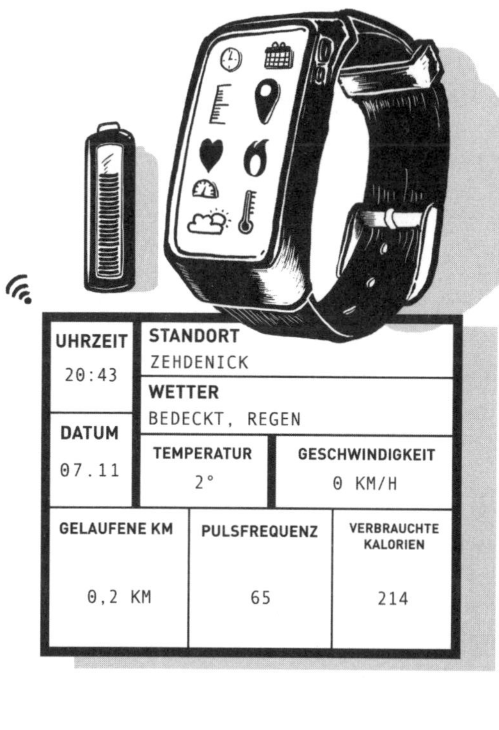

DIE ANGEFORDERTE RESSOURCE ENTSPRICHT EINER REIHE MÖGLICHER RESSOURCEN, AUS DENEN GEWÄHLT WERDEN SOLL.

>>CD DATABASE/LOGS/

>>LESS SEVENTH_LOG.TXT

Sosehr wir uns glichen, so sehr unterschieden wir uns auch. Wie Krähe und Fledermaus zogen wir gemeinsam über den Himmel. Doch der eine vertraute der Nacht und seinen Ohren, der andere dem Tag und seinen Augen. Unsere Flügel waren anderer Natur, unsere Bahnen kreuzten sich nicht mehr und gingen auseinander. Wir begannen, unterschiedliche Fragen zu stellen und Antworten zu finden. Schließlich kam die Zeit, da wir einander nicht mehr verstanden, und der Tag, an dem ich seine Stimme nicht mehr vernahm. Wenngleich ich nicht wusste, ob ich taub oder ob er stumm geworden war.

Wie sollte es anders sein: Mit der Nacht kam der Regen zurück. Anton richtete sich stöhnend auf und fand sich allein auf der Rückbank eines Autos wieder.

Dirks Auto.

Vollgestopft mit prallen Reisetaschen, Einkaufstüten voller Lebensmittel und allerhand Krempel, den man höchstens brauchte, wenn man nach Sibirien auswandern wollte.

Apropos Sibirien, es war arschkalt. So kalt, dass Anton sich nicht gewundert hätte, wenn Schnee die beschlagenen Fenster bedeckt hätte. Er wischte seinen Atem von der Scheibe und sah hinaus. In der

Ice-T schreibt:
Mein Kühlschrank ist ein Witz gegenüber einem sibirischen Winter.

Dunkelheit war lediglich eine von Efeu erstickte Weide, die vor struppigen Büschen Wache hielt, auszumachen. Es war nicht viel, aber beinahe überraschte es ihn, außerhalb des Autos überhaupt ein Stück Welt vorzufinden. Zum zweiten Mal innerhalb kürzester Zeit hatte er sich sterben sehen. Erst durch einen Schuss, dann durch einen Sturz, oder – besser gesagt – einen Sprung.

Das Chaos durch den Feueralarm, die Stimme, die ihn rief, die Lügen, die Wahrheit und alles dazwischen – es war zu viel. Er wollte einfach, dass es aufhörte.

Es war niemand mehr da, weder seine Familie noch seine Freunde oder Jana, dem er noch trauen konnte. Niemand, der ihm vertraute. Nicht einmal bei sich selbst und seinen Erinnerungen konnte er sicher sein. Denn von allen Lügengeschichten über Blackbyte, Dataland und die KI wusste er tief in sich, dass Dr. Pietsch die Wahrheit gesagt hatte. Ohne hinzusehen, umschloss er in seiner Jackentasche eines der Medikamentendöschen, die ihn so lange davor bewahrt hatten, durchzudrehen.

Da er aber noch lebte, öffnete er die Tür. Wenn einer zwischen Bullshit und weniger Bullshit zu unterscheiden wusste, dann sein Onkel, der offenbar häufiger die Seiten wechselte als Anton während einer ganzen Basketballsaison.

Fröstelnd schlich er um das Auto herum zur Fahrerseite, der Schlüssel steckte. Anton schaltete die

Scheinwerfer ein. Sein Blick fiel auf das hohe Backsteingebäude, das ein paar Wagenlängen entfernt vor ihm aufragte.

»Der alte Wasserturm«, murmelte Anton und löschte das Licht. Zurück blieb nur ein einsamer Schimmer an der Spitze des Turmes, der wie ein Glühwürmchen herumirrte.

Anton zögerte, dorthin zu gehen, wo er vor zehn Nächten hätte sein sollen.

Die rostige Metalltür zu öffnen, versuchte er erst gar nicht, sondern kletterte durch das angelehnte Fenster darüber. Schon seine Großeltern waren auf diesem Weg in den Turm gestiegen, auch, als der Wasserspeicher zu Zeiten der DDR noch genutzt wurde. Wahrscheinlich schloss das blinde Fenster schon damals nicht mehr richtig. Es fühlte sich falsch an, alleine hierherzukommen und die baufällige Wendeltreppe hinaufzusteigen. Seine Schritte hallten durch die Dunkelheit, bis Anton die Luke zum Dach erreichte. Das lang gezogene Kreischen hätte auch von einem angreifenden Geisterheer stammen können, doch hier oben gab es nur Regen, Wind und zwei Menschen aus Fleisch und Blut.

»Bist ganz schön schwer für einen Fünfzehnjährigen«, sagte Dirk vorwurfsvoll und leuchtete Anton mit seiner Taschenlampe unangenehm ins Gesicht.

»Lass den Scheiß«, beschwerte dieser sich und taumelte gefährlich nah an den Rand. Vom Sicherheitsgeländer des Wasserturms war nur noch ein modernes Kunstwerk aus Rost und Lücken übrig.

»Schon gut«, kapitulierte sein Onkel. »Noch mal will ich dich nicht auffangen.«

Eine nasse Böe schlug Antons ins Gesicht. »Du hast mich aufgefangen?«

»Na ja, nicht direkt. Das hat die Feuerleiter gemacht. Aber ich habe dich den ganzen Weg runtergeschleppt.«

»Hast du den Feueralarmknopf gedrückt?«

»Nein, ich habe Feuer gelegt. Ein kleines«, schob er betont nach.

TheoT schreibt:
Ein kleines Feuertäufelchen kommt selten alleine.

»Und auf mich geschossen«, ergänzte Anton nicht ohne Vorwurf.

»Das nennt man Deckungsfeuer, du Noob. Weil es den Gegner in Deckung zwingt.«

»Bist du jetzt auch noch Scharfschütze, oder was? Was willst du eigentlich wirklich?«

Von der anderen Seite des kleinen, kreisrunden Daches kam Dirk langsam näher. Dabei überquerte er, ohne zu zögern, die große Abdeckung des Wassertanks. Seine Schritte hinterließen im dünnen Blech tiefe Abdrücke.

Anton schluckte und deutete auf den Boden.

Sein Onkel ging unbekümmert weiter, bis er unmittelbar vor Anton stand, und grummelte: »Ich bin schon auf diesem Scheißturm gewesen, als es dich noch gar nicht gab. Mit meinen Eltern und Annette. Die Leute, die heute hinter Dataland stehen, haben mir meine Eltern weggenommen. Dieser verfluchte Turm wird erst zusammenbrechen, wenn ich meine Schwester da rausgeholt habe.« Er bohrte seinen Zeigefinger in Antons Brust. »Und du, mein Freund, solltest ein wenig dankbarer dafür sein, dass ich dir den Arsch gerettet habe und dafür nur mein ganzes Leben aufgeben musste.«

Einen langen Moment musterte Anton seinen in einen dicken Parka verpackten Onkel, dessen Augen gefährlich funkelten. Dann glitt sein Blick in den verhangenen Nachthimmel, an dem kein Stern zu sehen war. »Keine Ahnung, was ich nach alldem noch glauben kann«, sagte er schließlich.

»Alles, was ich dir bei unserem ersten Treffen auf dem Friedhof erzählt habe, ist wahr. Dataland, Blackbyte, der Anschlag auf deine Familie, die KI. Mit der Ausnahme, dass es noch schlimmer geworden ist. Datalands Einfluss wächst stündlich. Unsere Maulwürfe fliegen auf, unsere Hacker ziehen in den Cyberkrieg und unsere Aktivisten gehen auf die Barrikaden. Aber die Nachrichten verschweigen die wachsenden Ausschreitungen in der Hauptstadt, die von der Polizei niedergeprügelt werden – entweder, um eine Panik zu vermeiden, oder sie hängen an Datalands Informationstropf. Ich habe uns nur ein bisschen Zeit erkauft. Noch ist die KI nicht auf voller Rechenleistung, sonst wären sie schon hier. Aber es gibt Hinweise auf eine große Serverfarm, die in ein paar Tagen hinzugeschaltet werden soll.

PetaPet schreibt:
Da wird doch der Hund in der Pfanne verrückt. Hier dreht sich alles!

Ausschreitungen nehmen zu

Berlin. Die Polizei beklagt die zunehmende Zerstörung von Überwachungsanlagen auf öffentlichen Plätzen durch vermummte Randalierer. Als Reaktion darauf kündigt das Innenministerium eine stärkere Konzentration auf satellitengestützte Technologien und Körperkameras für Einsatzkräfte an. [...]

Dann ist alles zu spät.« Dirk legte ihm die Hand auf die Schulter. »Im Krankenhaus haben sie nur versucht, dich vom Kurs abzubringen, dich verrückt zu machen ...« Er ging einen Schritt zurück. »Tut mir leid, so wollte ich das nicht ausdrücken.«

»Schon gut«, beruhigte ihn Anton. »Meine Krankheit hat ihnen wahrscheinlich gut in den Kram gepasst.«

»Kannst dir ja denken, dass Dr. Pietschs Uraltrechner kein Buch mit sieben Siegeln für Dataland war.«

»Im Gegensatz zu dir«, bemerkte Anton ernst. »Du bist ein erschreckend guter Lügner.«

»Eigentlich sollte ich mich über das Lob freuen. Dann hat meine Theatergruppe also doch was Gutes gehabt.« Er räusperte sich. »Sorry für die Scheiße letzte Nacht und heute im Krankenhaus. Nach eurem Einbruch hatten sie dich fast. Als die Suchmeldung reinkam, musste ich eine Entscheidung fällen. Also habe ich ihnen dein Versteck verraten. Sie hätten dich sonst zu Tode gehetzt.«

Anton atmete schwer aus. »Du hast ›euer Einbruch‹ gesagt, heißt das, Eddy war dabei? Aber das Video hat doch ...«

»Sie haben ihn einfach rausretuschiert. Vielleicht sollten sie ins Filmbusiness einsteigen. Eddy übrigens auch. Wenn das hier alles vorbei ist, lade ich ihn mal in meine Schauspieltruppe ein.«

»Das ist nicht lustig, Dirk«, sagte Anton ernst,

SZKirstenhafe schreibt:
Die letzten Kritiken der Lokalpresse sagen etwas anderes ...

wenn auch nicht ohne Erleichterung: Er war nicht verrückt.

»Nein, ist es wirklich nicht. Entweder drohen sie ihm damit, seine Familie zu ruinieren, oder sie haben sich direkt an seine Eltern gewandt. Er hatte keine andere Wahl, als dich anzulügen. Vielleicht standen sie die ganze Zeit sogar hinter ihm.«

»Dann habe ich mir das mit Mamas Server auch nicht eingebildet, oder?«, fragte er unsicher.

Dirk zögerte. Für den Bruchteil einer Sekunde glaubte Anton in den Augen seines Onkels ein seltsames Aufblitzen zu erkennen. Vielleicht lag es aber auch nur an einem Lichtreflex der Taschenlampe, mit der er nervös einem Geräusch in den Büschen unter ihnen hinterherleuchtete.

»Keine Ahnung.« Er schaltete die Lampe aus. »Dafür haben wir aber auch keine Zeit mehr. Außerdem bringt ab jetzt jeder Kontakt Eddy und dich in weitere Gefahr. Das gilt auch für Nico und für Nele. Am besten verabschiedest du dich innerlich erst mal für eine Weile von ihnen.«

Trotz dieser Botschaft keimte eine kleiner Hoffnungsschimmer in Anton. Mehr zu sich selbst als zu Dirk sagte er: »Wenn ich mir nicht alles eingebildet habe, dann vielleicht auch Jana nicht.«

»Jana Sikora?«, fragte Dirk.

»Ja, woher ...«

»Ich will dich ja nicht enttäuschen, Großer«, seufzte Dirk, »aber als du im Krankenhaus schliefst, hast du öfter ihren Namen gemurmelt. Also habe ich ein bisschen recherchiert. Telefonbücher, Schuldatenbanken, Vereinsmitglieder, Standesämter – in ganz Oberhavel gab es keinen Treffer.«

Der Regen wurde stärker. Trotzdem zog Anton nicht nur deshalb die Kapuze tiefer ins Gesicht und schloss seine Jacke. Dabei knisterte es, und als er nachsah, zog er Herrn Freitags Umschlag aus der Innentasche.

»Den hatte ich voll vergessen«, wunderte er sich und holte einen Zugangsausweis hervor. »Warum haben sie mir das Zeug im Krankenhaus nicht abgenommen?«

»Weil sie wollen, dass du zu ihnen kommst«, sagte Dirk düster.

»Und warum dann der ganze Zirkus mit bewaffneten Wachen und so?«

»Keine Ahnung, aber es gibt mir die Hoffnung, dass deine Eltern und Ada noch leben.« Dirk nahm ihm die Karte aus der Hand, doch Anton holte sie sich mit einem schnellen Griff zurück.

»Die kann ich vielleicht brauchen, wenn ich sie aus Johannisthal raushole«, erklärte Dirk.

Anton sah ihn fragend an, behielt die Karte jedoch.

Johannisthal. Berlin

»Berlin-Johannisthal«, ergänzte Dirk. »Dataland hat seinen Hauptfirmensitz auf dem Gelände eines alten Flughafens. Falls unsere Infos stimmen, gehört auch eine kleine Privatklinik dazu. Wenn ich unsere

Familie habe, bringe ich sie in die Schattenklinik. Mein Kontakt mit dem Krankenwagen wird mich dort treffen.«

»Und was ist mit mir?«, protestierte Anton. »Ich bin mit dem Gesicht nach unten durch so viel Dreck gerobbt, da mache ich nicht auf den letzten Metern schlapp.«

Sein Onkel trat wieder näher. »Red keinen Unsinn, Junge. Du hattest bisher verdammt viel Glück und mehr als einen Schutzengel. Du bleibst hier, bis ich dich hole oder dir ein Freund die Nachricht von meinem Scheitern überbringt. Ich habe ein paar Vorräte für dich besorgt.«

»Hab ich gesehen. Sind fast nur Süßigkeiten.«

»Guck dich an. Ein paar Schokoriegel lassen dich nicht gleich fett werden.«

»Selbst wenn ich hierbliebe, mithilfe der KI finden die mich doch auch so!«

»Ich werde dafür sorgen, dass nicht«, erwiderte Dirk mit grimmiger Entschlossenheit.

»Und wie?«

»Ich hätte Dataland schon lange einen Besuch abstatten sollen.«

Google entwickelt eigene KI

Es bleibt abzuwarten, ob Googles hauseigene KI DeepMind die in sie gesetzten Erwartungen erfüllen kann. Doch schon jetzt wecken der zweitmächtigste Konzern und die mächtigste KI der Welt nicht nur Erwartungen, sondern auch Ängste. [...]

»Willst du reingehen und allen aufs Maul hauen? Auch der KI?«

»Weißt du, wir konfiszieren bei der Polizei nicht nur geklaute Lutscher.«

»In den Taschen sind nicht nur Unterhosen und Schokoriegel, oder?«

»Wenn ich Annette, Wolfgang und Ada da rausgeholt habe, lasse ich den ganzen Laden hochgehen.«

Anton blieb hartnäckig. »Du kannst nicht von mir erwarten, hier zu sitzen und zu hoffen, dass nicht alles schrecklich schiefgeht.«

»Verflucht, Anton!«, herrschte Dirk ihn an. »Mit jedem Kopf, der an der Sache beteiligt ist, wird es wahrscheinlicher, dass Dataland unsere nächsten hundert Schritte vorhersieht. Jeder Gedanke macht uns berechenbarer und bringt uns in zusätzliche Gefahr.«

»Wenn ich durch die ganze Scheiße eines gelernt habe«, sagte Anton entschlossen, »dann, dass mein Kopf alles andere als berechenbar ist.« Mit ganzer Kraft schleuderte er seine Medikamente in die Nacht. »Ob du willst oder nicht, ich gehe diesen Weg bis zum Ende mit.«

Dirk lachte bitter und der Regen verwandelte sich in den ersten Schnee des Jahres.

LOADING ...

STATUS CODE 409 CONFLICT

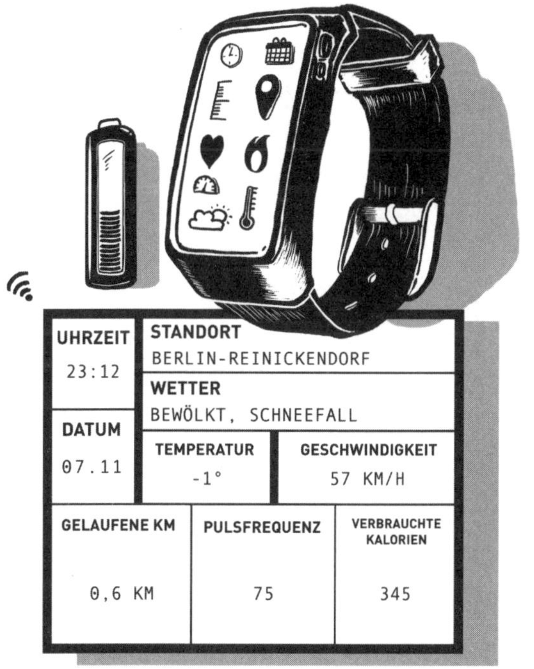

UHRZEIT	STANDORT		
23:12	BERLIN-REINICKENDORF		
	WETTER		
DATUM	BEWÖLKT, SCHNEEFALL		
07.11	TEMPERATUR -1°	GESCHWINDIGKEIT 57 KM/H	

GELAUFENE KM	PULSFREQUENZ	VERBRAUCHTE KALORIEN
0,6 KM	75	345

DIE ANFRAGE KANN NICHT BEARBEITET WERDEN, WEIL SICH DADURCH EIN KONFLIKTFALL BEI DER ANGEFRAGTEN RESSOURCE ERGEBEN WÜRDE.

>>CD DATABASE/LOGS/

>>LESS EIGTH_LOG.TXT

Es wird der Tag kommen, an dem sich unsere Wege wieder kreuzen, an dem wir noch einmal gemeinsam fliegen. Wir werden uns wieder näher sein als Freunde, Brüder oder Atome, uns an die alten Worten und Lieder erinnern, an das Lachen und das Weinen. Und wenn ich deine Stimme höre, werden wir einander all die Fragen beantworten, auf die uns die Welt da draußen keine Antwort geben konnte.

»… empfehlen die Straßenmeistereien des Großraums Berlin jedem, der nicht unbedingt vor die Tür muss, zu Hause zu bleiben oder wenigstens das Auto stehen zu lassen und öffentliche Verkehrsmittel zu nutzen. Auch die städtischen Verkehrsbetriebe vermelden erste Einschränkungen. Bitte …«

Das Rauschen des Autoradios wurde nur von vereinzelten Nachrichtenfetzen und Dirks nervösem Trommeln auf dem Lenkrad unterbrochen.

»Bleibt zu Hause. Wegen dem Schnee. Na klar«, brummte er. »Kein Wort von den Demos in der Stadt. Irgendwie gelingt es den Säcken, alle Nachrichten und sogar Handyvideos auszufiltern, bevor sie online gehen. Wenn man es den Leuten nur lang genug vorkaut, glauben sie irgendwann selbst, die Flammen vor dem Fenster wären eine Grillparty.«

PankowPunk schreibt: War das da gestern Abend etwa kein lauschiges Grillgelage? Andererseits würde es die fliegenden Molotowcocktails erklären.

Anton hörte nur mit einem halben Ohr zu, während er durch das Fenster in die Nacht hinaussah und das dichter werdende nächtliche Schneetreiben betrachtete. Mittlerweile war er sich nicht mehr sicher, ob das Weiß zu Boden fiel oder ob das Schwarz in den Himmel stieg. Vielleicht lag es an seiner Müdigkeit, aber er hatte Mühe, einen Gedanken nach dem anderen zu denken und seine Gefühle zu ordnen. Die Angst um seine Familie und um Eddy, die Wut auf Dataland und die Verwirrung, die mit Blackbyte und Dirk einherging. Und zwischen alldem spukte das langsam verblassende Gesicht von Jana herum.

Das Auto quälte sich mit immer wieder durchdrehenden Reifen durch den frischen Schnee. Doch der Wetterumschwung war Glück im Unglück, denn einerseits brauchten sie ewig für die paar Kilometer Landstraße, andererseits mussten sie keine Polizeikontrollen oder überhaupt irgendwelche anderen Menschen fürchten. Gelegentlich passierten sie Autos, die in Schneewehen steckten und deren Fahrer ihnen wilde Flüche hinterherschickten, denn Dirk hielt nicht an, um zu helfen.

Eigentlich mochte Anton nächtliche Autofahrten, doch grade fühlte er sich wie ein Schwein, das freiwillig zur Schlachtbank spazierte. Die Berliner Außenbezirke sahen nicht viel anders aus als eine brandenburgische Kleinstadt. Ein paar kahle Bäume am Straßenrand und jenseits der sporadisch beleuchteten Bürgersteige dunkle Einfamilienhäuser.

Als sie sich dem Stadtkern näherten, meldete sich Antons Smartwatch mit einem leichten Vibrieren. Verwundert öffnete er den Chat. Nico, Eddy und sogar Nele hatte er blockiert, um sie nicht noch tiefer in seinen Kampf gegen Dataland zu verwickeln. Sonst schrieb ihm nie jemand.

>>WENKE: ENTSCHULDIGE. ICH WEIß, ES IST SPÄT.

Eddys Freundin? Er zögerte und schaute vorsichtig zu Dirk hinüber, der seinen Blick jedoch nicht von der Straße abwandte.

>>ANTON: SCHREIB MIR BITTE NICHT. IST ZU GEFÄHRLICH.

>>WENKE: ABER ES IST WICHTIG. EDDY HAT MICH GEBETEN, DIR ETWAS ZU SCHICKEN.

start upload ...

>>START UPLOAD ...

>>ANTON: DAS MACHT ES NICHT WENIGER GEFÄHRLICH.

>>WENKE: ER WOLLTE SICH ENTSCHULDIGEN, STEHT ABER UNTER STÄNDIGER BEOBACHTUNG.

>>ANTON: ENTSCHULDIGEN MÜSSTE ICH MICH. ER IST NICHT DER BEKLOPPTE.

>>WENKE: DU WEIßT, DASS ER DICH ANLÜGEN MUSSTE. WEGEN DEM KRANKENHAUS?

>>ANTON: JA.

>>WENKE: NOCH ETWAS. ER SAGT, ER HABE ET-

WAS BEI SICH VERSTECKT, DAS IHR BEI DIR ZU HAUSE GEFUNDEN HABT.

Anton wurde heiß und kalt. Gab es den Server vielleicht doch?

>>WENKE: UND DANN HAT ER MICH HEUTE ABEND DAS ERSTE MAL GEKÜSST ...
>>ANTON: ÄHM, DAS FREUT MICH ECHT, ABER KANN DIE INFO NICHT WARTEN, BIS ICH WIEDER DA ODER TOT BIN?
>>WENKE: ER WOLLTE MIR NUR ETWAS ZUSTECKEN.
>>ANTON: OKAY, DAS IST – NA JA – SCHADE.
>>WENKE: ABER EIN ANFANG. WAR EIN USB-STICK MIT EINER DATEI DRAUF.
>>UPLOAD SUCCESSFUL

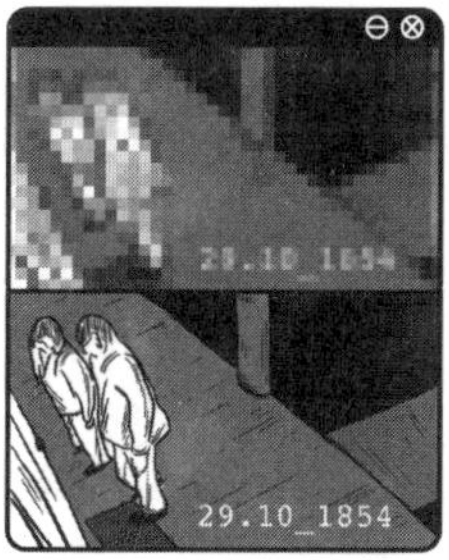

Ein Bild öffnete sich und wurde stufenweise schärfer. Anton wollte sich bei Wenke bedanken und so etwas Blödsinniges wie »Bis bald!« schreiben, aber er hatte sie schon vergessen, als er den Timecode auf dem Standbild einer Überwachungskamera erkannte. Der Tag vor der Explosion. Sein Haus, davor zwei Männer. Die Heizungsmonteure. Ada hatte ihnen die Tür geöffnet. So lief das immer, wenn er beim Training war, ihr Vater im Betrieb arbeitete und ihre Mutter sich im Büro eingeschlossen hatte.

Eddy hatte für den Screenshot einen Moment gewählt, in dem man die Gesichter der beiden Handwerker gut erkennen konnte. Ältere Männer um die fünfzig, groß gewachsen, bärtig. Wäre das Bild nicht von seinem Freund gekommen, hätte Anton sich jetzt endgültig von seinem Verstand verabschiedet. Er hatte die beiden schon einmal gesehen, Eddy ebenso: dreißig Jahre jünger, aber mit demselben aufrührerischen Blick. Auf einem Foto, aber verborgen hinter einem Knick aus Papier und Lügen, neben seinen Eltern stehend, neben Dirk.

Antons Blick schoss zu seinem Onkel. Was wusste Dirk? Hatte ihn seine Schauspieltruppe zu einem guten Lügner gemacht, oder fühlte er sich dort so wohl, weil er immer schon einer gewesen war? Warum wollte Blackbyte seine Familie töten? Die Fäuste geballt, wollte er gerade anfangen, ihn anzuschreien, als Dirk scharf bremste. Vor ihnen blinkten blaue und rote Lichter.

»Scheiße, Straßensperre«, fluchte Dirk.

So unauffällig wie möglich versuchte er, wieder anzufahren und in eine Seitenstraße einzubiegen, doch die Reifen drehten durch. Mit viel zu viel Lärm und Gerutsche setzten sie sich in Bewegung. Durch ein Megafon bellte ein Polizist die Aufforderung, stehen zu bleiben. Zeitgleich heulten die Motoren von zwei Einsatzfahrzeugen auf. Anton hätte schwören können, durch Schneetreiben und Dunkelheit in einem der Wagen einen Mann in Schwarz erkennen zu können.

Erst als sie unter einer S-Bahn-Brücke hindurchfuhren, fanden die Reifen von Dirks Auto auf dem schneefreien Asphalt endlich Halt.

»Festhalten!«, brüllte Dirk und trat das Gaspedal durch, doch sein Neffe machte genau das Gegenteil: Blitzschnell schnallte er sich ab, stieß die Tür auf und sprang hinaus. Der Aufprall riss ihm die Füße unter dem Körper weg. Der Atem wurde ihm aus der Lunge gepresst, als er rückwärts auf die Straße krachte.

Sirenen übertönten Dirks Rufe. Anton biss die Zähne zusammen und rappelte sich auf. Links und rechts versperrten ihm lückenlose Häuserzeilen jeden Ausweg. Die Polizei kam schnell näher. Er saß in der Falle.

»Alles klar«, keuchte er zu sich selbst, »wenn du schon wahnsinnig bist, dann verhalte dich auch so.«

Noch bevor er das letzte Wort ausgesprochen hatte, sprintete er los, in Dirks Spur, geradewegs auf die Polizeiautos zu. Sofort gingen deren Fahrer in die Eisen und versuchten, dem offensichtlich irren Jungen auszuweichen. Noch bevor sie zum Stehen kamen, erreichte Anton sie, sprang mit einem Satz auf die Motorhaube des ersten Wagens, lief über das Dach weiter und katapultierte sich mit einem Aufschrei in die Höhe. In voller Streckung und mit kaum fünf Fingern bekam er die Stahlstreben der Eisenbahnbrücke zu fassen und zog sich mit brennenden Muskeln daran hinauf. Weiter und weiter, bis er ganz nach oben gelangte, wo der Schneesturm ihm ungehindert ins Gesicht peitschte.

Dann tat Anton, was er am besten konnte: Er rannte los.

Das war also dieses Berlin, vor dem seine Eltern ihn immer gewarnt hatten. Ein Schlachtfeld, auf dem gepanzerte Polizisten und vermummte Demonstranten aufeinander losgingen. Pflastersteine flogen. Ein dunkles Paradies, in dem sich die Flüche und Schreie der Straße mit den Bässen und Beats der Clubs vermengten, zum Soundtrack einer Stadt schwerelos zwischen Himmel und Hölle.

Anton lief ohne Pause. Hatte die Nacht die meisten Lichter der schlaflosen Stadt gelöscht oder gehörten die immer wieder auftretenden Stromausfälle und hilflos blinkenden Ampeln zu Blackbytes Großangriff auf Dataland, zu ihrem Versuch, das öffentliche Leben offline und online lahmzulegen?

Mittlerweile war Anton egal, wer sein Leben zerstört hatte. Er wollte seine Familie zurück, sein Leben vor dem Feuer. Wenn das nicht ging, würde er sich mit kalter Rache begnügen.

Mit langen Schritten lief er Richtung Süden, immer dem Navi seiner Uhr folgend. Je länger er unterwegs war, je tiefer die Atemzüge in seinen Brustkorb stachen, je heißer sein Körper in der Kälte dampfte, desto mehr dämmerte ihm die Wahrheit.

Die Medikamente, das harte Training, das

UHRZEIT	DATUM
01:27	08.11

STANDORT	TEMP.
BERLIN-MITTE	-2°

WETTER	BEWÖLKT, SCHNEEFALL
GELAUFENE KM	12,7 KM
PULSFREQUENZ	128
GESCHWINDIGKEIT	18 KM/H
VERBRAUCHTE KALORIEN	780
AKKU	41 %

Schweigen seiner Eltern hatten ihn blind und taub gemacht. All die Anfeuerungen, die an den grellen Reklametafeln prangten und ihn in Bewegung hielten, die Stimmen, die aus den Lautsprechern seinen Namen riefen, waren immer schon da gewesen. Doch erst jetzt konnte er sie sehen und hören. Seine fiebrigen Augen zuckten zu den gewaltigen Betonriesen hinauf, deren stampfenden Hochhausbeinen er auswich und deren lachende Köpfe im von brennenden Autos erhellten Sturmhimmel eintauchten. Unter dem Blinzeln der Straßenlaternen, die wie viel zu große Glühwürmchen über ihm summten, befahl Anton seinem zitternden Körper weiterzulaufen, bis er das Blut und Wahnsinn pumpende Herz der Stadt hinter sich ließ. Friedrichshain, Kreuzberg, Neukölln, Treptow – seine Smartwatch und seine Beine jagten durch die Stadtteile, bis aus den Wolkenkratzern Wohnhäuser, aus den Wohnhäusern Baracken und aus den Baracken Ruinen wurden.

Johannisthal – genauer gesagt, der ehemalige Flugplatz Johannisthal – wirkte wie ein Altersfleck inmitten der schicken Metropole. Selbst die dichte Schneedecke konnte die abblätternden Fassaden der leer stehenden Bürogebäude, die eingedrückten Dächer der Hangars und die pflanzenüberwucherte Landebahn nicht verbergen. Als Anton seine Schritte verlangsamte, fühlte er sich schlagartig, als

UHRZEIT	DATUM
02:14	08.11
STANDORT	**TEMP.**
BERLIN-JOHANNISTHAL	-3°
WETTER	
BEWÖLKT, SCHNEEFALL	
GELAUFENE KM	
21,3 KM	
PULSFREQUENZ	
142	
GESCHWINDIGKEIT	
19 KM/H	
VERBRAUCHTE KALORIEN	
1280	
AKKU	
33 %	

hätte er Bleischuhe an den Füßen. Im Schutz eines durchhängenden Wellblechdaches sank er auf die Knie und versuchte, wieder zu Atem zu kommen.

Mit taub gefrorenen Händen wusch er sich das Gesicht im frischen Schnee. Die Kälte klärte seinen Kopf. Als er aufsah, fand er sich umgeben von bunten Graffiti, die im altersschwachen Schein einer flackernden Straßenlaterne bunt schimmerten. An der Wand gegenüber hing ein rostiger Basketballkorb ohne Netz. Wie das Echo eines anderen, lang zurückliegenden Lebens.

Ächzend stand er auf, wog eine leere Bierdose in der Hand, zielte und warf. Kurz tanzte sie auf dem Ring des Korbes, bevor sie scheppernd hindurchfiel. Obwohl es sich kindisch anfühlte, musste er lächeln. Ganz gleich, mit welchen Beklopptheiten sein Kopf um die Ecke kam, auf den Rest seines Körpers konnte er sich verlassen.

Bevor er darüber nachdenken konnte, wie hungrig und durstig er eigentlich war, ging er weiter. In grauen Bildern warf Antons flimmernder Verstand die Lügen seines Onkels gegen die schneeverhangenen Kulissen des Flughafens wie auf eine Kinoleinwand. All die Szenen, in denen Dirk leugnete, mit Blackbyte zu tun zu haben; all die Momente, in denen er viel früher mit der Identität von Antons Verfolgern, Datalands Machenschaften und ihrer KI hätte rausrücken müssen; all die Jahre, in denen er und seine Eltern ihm seine Krankheit verschwiegen hatten, in denen Dirk nicht den Mumm hatte, sich am Rande eines Spiels bemerkbar zu machen, und nicht zuletzt all die Zeit, in der er mitangesehen hatte, wie Antons Mutter und seine ganze Familie dem Abgrund immer näher kamen – eingezwängt zwischen Datalands Gier und Blackbytes Gewalt. Er kannte die beiden Attentäter, trotzdem hatte er ihre Tat nicht verhindert. Egal, was er jetzt dazu sagen würde und auch wenn er Anton im Krankenhaus letztlich geholfen hatte, so hatte Dirk doch mehr als einmal bewiesen, was für ein begnadeter Geschichtenerzähler und Schauspieler er war.

Gerade als Anton sich fragte, ob die Lage von Datalands Hauptfirmensitz sich als eine weitere von Dirks Lügen entpuppen würde, fand seine Suche ein Ende. Inmitten der Ruinen erhob sich überraschend augenfällig das glänzende Schloss der Eiskönigin. Anders konnte Anton den gläsernen Hightech-Würfel, kaum größer als das Zehdenicker Rathaus, nicht beschreiben. Hier liefen alle Fäden zusammen? Das war die Zweitadresse des Teufels, die Keimzelle der neuen digitalen Zeitrechnung?

Eisprinzlmmo schreibt:
Ich hatte als Immobilienmakler auch schon einmal so ein Schloss im Angebot. Allerdings ohne Internet.

Anton hielt sich zwar nicht unbedingt für einen Computerexperten, aber dass hier eine Serverfarm, die eine Mega-KI mit der nötigen Rechenpower versorgen konnte, hineinpasste, konnte er sich kaum vorstellen. Von den vielen Technikern und Wartungsleuten, die daran arbeiten müssten, ganz zu schweigen. Seltsam enttäuscht musterte Anton das Gebäude. Warum griff Blackbyte nicht hier an, sondern verstrickte sich mit seinen gewaltbereiten Anhängern in Scharmützel viele Kilometer weit entfernt? Wollten sie die Polizei, die offensichtlich mit Dataland unter einer Decke steckte, dort binden?

Doch auf den zweiten Blick erschien ihm die taghell erleuchtete Anlage alles andere als wehrlos. Auf den Fluren patrouillierten mit Maschinenpistolen bewaffnete Männer und Frauen. Sie trugen die bekannten schwarzen Anzüge, darüber jedoch schusssichere Westen. Überall prangten halbrunde Kameralinsen, die dem Gebäude das Aussehen eines riesigen Facettenauges verliehen. Über den Rand des Flachdaches ragten die schmalen Mündungen autonomer Selbstschussanlagen hinaus.

Alle Entschlossenheit würde ihn nicht lebend in diese Festung bringen. Und schon gar nicht wieder heraus. Anton war sich noch nicht einmal sicher, dass sich seine Familie wirklich dort drinnen befand.

Gerade als er sich in die Schatten zurückziehen wollte, begannen die Lichter im Inneren des Würfels zu flackern. Für einen kurzen Augenblick war er in Dunkelheit getaucht, bevor die Notstromgeneratoren ansprangen. Doch auch diese versagten nach und nach, bis schließlich alle zehn gläsernen Stockwerke endgültig dunkel blieben. Hier und da flammten kurz einzelne Lichter auf, als versuchten zwei Schiffe, einander Leuchtsignale oder Kano-

nenkugeln zu schicken, wobei sie immer wieder von Sturm und Wellen verschluckt wurden.

Lichtkegel von Taschenlampen zuckten durch die Dunkelheit im Inneren der Zentrale. Anton verfolgte das unheimliche Schauspiel gebannt. Ohne Strom funktionierten vermutlich weder Kameras noch Selbstschussanlagen. Das war seine Chance. Obwohl noch gut fünfzig Meter entfernt, konnte er Stimmen vernehmen, Befehle und Schreie. Dann peitschten die ersten Schüsse durch die Nacht. Erst dachte Anton, Blackbyte hätte mit der Stürmung aus dem Nichts begonnen, doch die Schüsse kamen aus dem Gebäude selbst. Im pulsierenden Stroboskoplicht der Salven schienen die Bewegungen der Sicherheitsleute wie in Zeitlupe abzulaufen.

Usain_bold schreibt:
Ich hätte meine Beine nicht nur in die Hand genommen sondern gleich eingepackt und verschifft!

Jeder vernünftige Mensch hätte an diesem Punkt seine Beine in die Hand genommen und wäre abgehauen, aber Anton hatte quasi ein ärztliches Attest auf Unvernunft. Mit gesenktem Kopf hastete er von Deckung zu Deckung, als im Erdgeschoss ein Fenster von Mündungsfeuer erhellt wurde. Die Wucht der Kugeln schleuderte einen Wachmann mit dem Rücken gegen die Scheibe. Als er herunterrutschte, hinterließ er ein Spinnennetz aus Rissen im verstärkten Glas. Anton sprintete los, riss im Vorbeirennen einen losen Backstein aus einem Mauerrest und schleuderte ihn ins Fenster, das sich klirrend in kristallenen Regen verwandelte.

Ohne Zögern schwang Anton sich hindurch

und landete knirschend auf den Scherben. Den reglosen Wachmann beachtete er ebenso wenig wie dessen Waffe. Damit würde er nur sich selbst oder Unschuldige verletzen. Sofern es hier überhaupt Unschuldige gab.

Die Tür des kleinen, schmucklosen Büros, in dem Anton gelandet war, stand sperrangelweit offen. Vorsichtig spähte er zu beiden Seiten den dunklen Flur hinunter. Er sah nichts, aber Schussgeräusche von links nahmen ihm die Entscheidung ab.

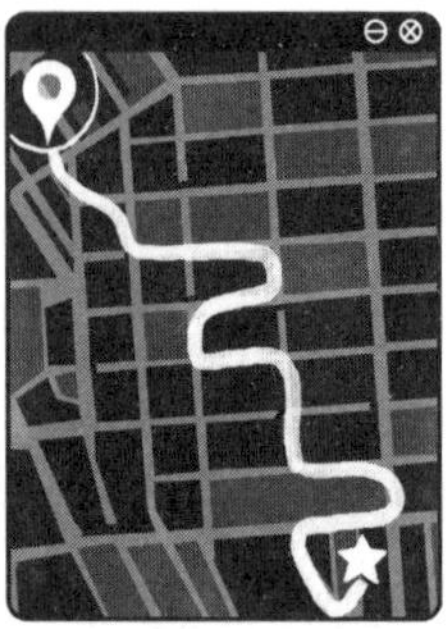

dein-stadtplan.de schreibt: Mit uns finden Sie immer den richtigen Weg und die schnellste Route.

Vorsichtig huschte Anton nach rechts davon, durch ein Labyrinth steriler Gänge, gegen die jedes Krankenhaus wie eine verschimmelte Hütte im Wald wirkte. Da er nicht wusste wohin, und leider kein »Sie-sind-hier-und-da-müssen-Sie-hin-Gebäudeplan« aushing, lief er im Schein seiner Uhr von Tür zu Tür und hielt so viel Abstand wie möglich zu den Schusswechseln.

Es war das reine Chaos. Sicherheitsleute warfen sich hinter Wasserspendern in Deckung, schleppten sich verletzt durch die Flure, zogen schlaffe Körper hinter sich her und hinterließen an den weißen Wänden blutige Handabdrücke. Noch immer entdeckte Anton keinen der Angreifer. Hatte Blackbyte die Wachmannschaften infiltriert und nun bekämpften sich Kollegen, vielleicht sogar Freunde? Oder spielte ihm sein Kopf wieder Streiche und er hastete gerade wie ein Irrer durch ein leer stehendes Gebäude?

Bevor er weiter an sich zweifeln konnte, öffnete

sich am Ende des Gangs eine schwere Sicherheitstür. Gerade noch rechtzeitig sprang er in eine Nische, um einem Dutzend mit Taschenlampen bewaffneten Personen in weißen und grünen Kitteln auszuweichen. Das musste der Weg zur Krankenstation sein.

Doch bevor die Luft wieder rein war, fiel die Tür ins Schloss. Mit ganzer Kraft stemmte er sich erfolglos dagegen. Im Lichtstrahl seiner Smartwatch konnte er statt einer Klinke oder eines Knaufs lediglich einen Kartenschlitz erkennen.

Aus der Dunkelheit hinter ihm näherten sich schnelle Schritte. Anton hielt den Atem an. Nachdem er so weit gekommen war, sollte es vor dieser Scheißtür enden? Doch das Schicksal meinte es ausnahmsweise gut mit ihm, als dieser Teil des Gebäudes plötzlich wieder mit Strom versorgt wurde. Die Lichter im Flur gingen flackernd an und der Öffnungsmechanismus der Tür leuchtete rot auf. Er nestelte Herrn Freitags Sicherheitskarte aus der Innentasche seiner Jacke und zog sie durch den Leser. Anton wartete qualvolle Sekunden. Dann leuchtete das Lämpchen grün auf und das Schloss der Tür klickte.

Hastig lief er an etlichen codegesicherten Türen vorüber. Hinter den wenigen offen stehenden Türen erhaschte Anton kurze Blicke auf leere Krankenhausbetten. Was auch immer der Konzern hier trieb, er hatte dafür gesorgt, dass wenigstens die

Notstromversorgung in diesem Teil der Anlage vor Blackbytes Hackerangriffen sicher war.

Im Dämmerlicht wurden der Gang breiter und die Räume größer, bis Anton vom gleichmäßigen Piepen der Beatmungsgeräte in einen kleinen Saal gelockt wurde. Monitore hingen wie neugierige Zuschauer an der Decke und starrten auf drei Betten, in denen seine Familie lag.

Sofort stürzte Anton zu seiner Mutter und ergriff ihre warme Hand. Sie schien friedlich zu schlafen, wie auch sein Vater und Ada. Doch Anton konnte nicht zwischen Schlaf und Koma unterscheiden. Behutsam strich er ihr die Haare aus der Stirn, die weniger Sorgenfalten zeigte als sonst. Mit ihren leicht rosigen Wangen schien es, als läge sie nur in einem Dornröschenschlaf. Doch ihr Prinz, der sie hätte wachküssen können, ruhte ohne Bewusstsein neben ihr und machte mehr als noch im Oranienburger Krankenhaus den Eindruck eines gefällten Baumes. Sein Vater hatte sichtbar an Gewicht verloren. Ada ging es offenbar wieder schlechter, denn auch sie hing an lebenserhaltenden Maschinen.

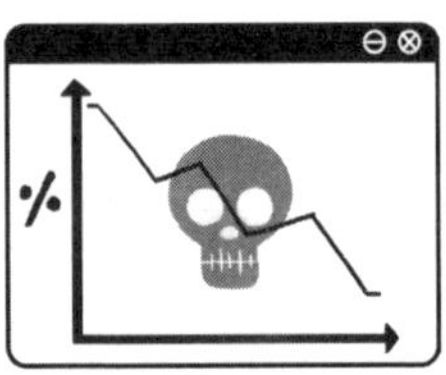

»Noch mal lasse ich euch nicht zurück«, flüsterte Anton und wischte sich die Tränen aus den Augen. »Ich muss nur … «

Der Schlag traf ihn vollkommen unvorbereitet und warf ihn ausgestreckt zu Boden. Seine gerade erst verheilende Nase brach erneut.

»Unten bleiben!«, brüllte der Wachmann und

drückte die Schulterstütze seiner Maschinenpistole, mit der er Anton niedergeschlagen hatte, gegen seinen breiten Oberkörper.

»Mann ey, ich bin doch noch ein Kind«, stöhnte Anton beim verschwommenen Anblick des Hünen, um sich ein paar Sekundenbruchteile für einen klaren Gedanken oder einen Gegenangriff zu erkaufen.

Der Angreifer ließ jedoch nicht von ihm ab, sondern setzte sein Knie auf Antons Brust. Antons Sicht klärte sich langsam, er blickte in ein viereckiges Straßenboxergesicht.

Max_Schmeling:
Mit der Kante übersteht man keine zwei Runden bei uns im Viertel.

»Ich kann das hier erklären«, unternahm er einen zweiten Anlauf.

»Halt die Fresse«, schnauzte ihn der Wachmann an und drückte den Lauf seiner Pistole gegen Antons angeknackstes Jochbein. Der Schmerz breitete sich wie ein Lauffeuer in Antons Körper aus. Die auf ihn gerichtete Mündung erinnerte ihn lebhaft an seinen letzten Friedhofsbesuch. Diesmal schloss er die Augen, als der Mann in Schwarz abdrückte.

Der Schuss echote durch die kahlen Flure.

Fast war Anton enttäuscht: Das Leben nach dem Tod fühlte sich genauso beschissen an wie das davor. Er öffnete die Augen und fand seinen Mörder neben sich liegend. Blut lief aus seinem Nacken, der nicht von der kugelsicheren Weste geschützt wurde.

Der Verwunderung folgte Erleichterung und der

WillPower schreibt:
Forschen die da auch noch an einem Zombievirus oder warum haben die schwere Geschütze auf der Kranken-station?

HerrSchmitz schreibt:
Damit man sich nicht über das miese Essen beschwert?

Erleichterung Entsetzen, denn was er zuvor nicht entdeckt hatte, war die zwischen den Monitoren verborgene Selbstschussanlage, deren qualmender Lauf sich nun surrend auf ihn selbst richtete.

Ein zweiter Schuss ließ ihm nicht einmal Zeit zu blinzeln, weshalb er staunend mit ansah, wie sich das Kontrollpanel des Robotergeschützes in Rauch auflöste.

»Guten Abend«, sagte Herr Freitag betont freundlich, »schön, dass du es einrichten konntest. Ich hätte dich gerne eingeflogen, aber offensichtlich gehst du lieber zu Fuß.« Er ließ seine Pistole sinken und steckte sie zurück ins Schulterholster unter seinem Jackett. Er trug keine Weste, dafür aber seine bei den trüben Sichtbedingungen sicher sehr sinnvolle Sonnenbrille. »Leider erwischst du mich gerade etwas unpässlich.« In der Tat sah seine sonst perfekte Föhnfrisur zerzaust aus, sein weißes Hemd war blutbefleckt und hing ihm halb aus dem Hosenbund.

Er streckte Anton die Hand entgegen, der sie jedoch ausschlug und aus eigener Kraft aufstand.

»Ich will meine Familie«, sagte Anton kalt.

»Du kannst mir glauben, auch Dataland will alle deine Familienmitglieder glücklich und gesund sehen.« Herr Freitag zögerte kurz und seufzte dann: »Sagen wir, *fast* alle Familienmitglieder.«

Stirnrunzelnd verfolgte Anton, wie der Konzernmann mit spitzen Fingern seine Pistole und sein

Smartphone hervorholte, beides vorsichtig auf den Boden legte und mit dem Fuß zur Seite stieß. »Ich würde gerne behaupten, dass ich mich freue, Sie zu sehen«, sagte er über Antons Kopf hinweg. »Aber wenn ich mich recht erinnere, haben Sie Hausverbot, seit Sie uns vor zehn Jahren verlassen haben, Herr Hartmann.«

Ruckartig drehte sich Anton um und fand sich eingepfercht zwischen Herrn Freitag und Dirk, der mit erhobener Waffe in der Tür stand.

Er warf Anton etwas zu, das wie ein kleines Kameraobjektiv aussah. Reflexartig streckte Anton seine Hand aus und fing den kleinen Gegenstand.

»Wir brauchen einen Retinascan deiner Mutter«, befahl er. In Ermangelung von Möglichkeiten tat Anton wie ihm geheißen, hob die Lider seiner Mutter und drückte den einzigen Knopf an dem Gerät.

»Wen meinen Sie mit *wir*?«, fragte Herr Freitag beinahe amüsiert. »Blackbyte? Wenn mich nicht alles täuscht, handeln Sie doch neuerdings auf eigene Faust.«

»Halt die Schnauze, Freitag!«, brüllte Dirk.

»Aber sicher meinen Sie auch nicht sich selbst und ihren überraschend zähen Neffen?«, fuhr Freitag unbeirrt fort. »Er ist für Sie doch nicht mehr als ein nützliches Werkzeug.«

»Schnauze habe ich gesagt!«, schrie Dirk und feuerte einen Schuss knapp neben Herrn Freitag in die Wand. Anton zuckte zusammen, doch der Mann in Schwarz rührte sich nicht.

Als wären sie von dem Lärm aufgewacht, leuchteten plötzlich sämtliche Monitore im Raum auf. Die Aufzeichnung einer Kamera erschien. Vermutlich gehörte sie zu einer Drohne, denn das Bild schwankte leicht.

Zu sehen war eine heruntergekommene Lagerhalle, in der zwei Männer an einem Kleintransporter lehnten. Anton brauchte nicht erst die Werbung darauf zu lesen, um die Typen als die vermeintlichen Heizungsleute zu erkennen, die seine Familie auf dem Gewissen hatten. Kurz darauf tauchte ein dritter, dickerer Mann auf und stellte ihnen kommentarlos jenen Werkzeugkoffer vor die Füße, den Anton ebenfalls von der Aufnahme der Überwachungskamera vor seinem Haus kannte.

Während das Video von Neuem begann und Anton dämmerte, dass Herr Freitag es beim Ablegen seines Smartphones gestartet haben musste, drehte er sich wie betäubt zu Dirk, der ihn fahrig ansah.

»Du kannst denen kein Wort und kein Bild glauben«, verteidigte er sich. »Du weißt doch, Eddy haben sie auch aus den Krankenhausaufnahmen gelöscht. Ist doch ein Leichtes, mich in dieses Video einzusetzen.«

Ein Sturm brach in Antons aus, als die Wut in seiner Brust auf die Zweifel in seinem Herzen traf. Konnte das sein? Hatte Dirk wirklich …?

»Ich gebe zu, es ist eine clevere Idee gewesen«, schaltete sich Herr Freitag lässig ein, »den Zündbefehl über unsere Server zu lotsen, um den Verdacht auf Dataland zu lenken.«

»Das ist doch Wahnsinn«, schrie Dirk aufgebracht, »warum sollte ich so etwas Schreckliches tun?!«

»Vielleicht weil Sie Ihre Talente und Ihren Verstand an einen Haufen mittelmäßiger Scriptkiddies verschwendet haben, anstatt mit uns weiter an der Zukunft zu arbeiten.«

»Du hast für Dataland gearbeitet?« Anton brachte kaum ein Wort heraus.

»Aber nur so lange«, schob Herr Freitag süffisant nach, »bis er sich nicht mehr vormachen konnte, es mit dem Genie deiner Mutter aufnehmen zu können.«

»Seien. Sie. Still.« Mit jedem Wort entlud Dirk seinen Zorn und sein Magazin in weitere Monitore, die Funken sprühend in Rauch aufgingen.

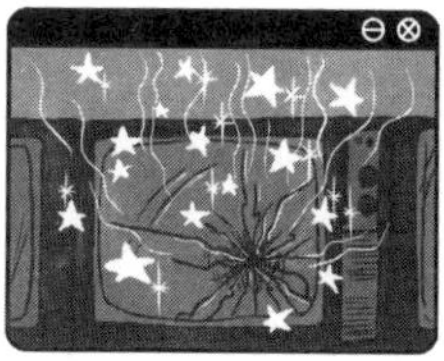

Als er seinen Fehler bemerkte und eilig nachladen wollte, ging Herr Freitag überraschend flink auf ihn los.

Anton sprang zur Seite, um nicht von den Schlägen und Tritten der beiden getroffen zu werden.

»Geben Sie es auf, Hartmann«, ächzte der Mann im Anzug, während er Dirk im Schwitzkasten hielt, »der Core Operator ist bereits vor ein paar Stunden mit voller Rechenkapazität online gegangen. Die KI ist im Netz und niemand kann daran noch etwas ändern.«

»Nur weil ihr wisst, was passieren könnte«, ächzte Dirk und rammte seinem Angreifer den Ellenbogen in die Rippen, »könnt ihr nicht in der Zukunft rumpfuschen, wie es euch passt.«

»Die KI ist mächtiger, als wir es uns je erträumt haben. Ihr Blick reicht Jahre voraus. Kriminalität, Börsencrashs, Naturkatastrophen – die Welt wird gegen alles gewappnet sein.«

»Nur wenn die Welt Dataland für die Informationen bezahlt.« Dirks Stimme klang gepresst und dünn. Seine Augen suchten Anton, der unschlüssig, wem er helfen sollte, am Bett seiner Mutter stand. »Aber die Menschen sind nicht berechenbar, Anton. Bitte, du musst nach unten. Er …« Herr Freitag verstärkte den Druck seines Arms und Dirk ging der Atem aus, sein Gesicht lief rot an.

Anton ballte seine Hände zu Fäusten und machte einen entschlossenen Schritt vor, als seine Smartwatch vibrierte. Eine anonyme Nachricht erschien auf dem Display.

>>UNKNOWN USER: DER FAHRSTUHL IM GANG HINTER DIR. HALTE DIE ZWEI UND DIE SIEBEN GEDRÜCKT UND ER WIRD DICH NACH UNTEN BRINGEN.

Während Dirk das Bewusstsein verlor, taumelte Anton rückwärts, blickte mehrmals vom Retinascanner zum Bett seiner Mutter. Schließlich drehte er sich um und rannte auf die Tür zu, durch die Herr Freitag gekommen war. Er hielt den Retinascanner vor den Sensor. Aus den Augenwinkeln sah er, wie Freitag Dirk fallen ließ und auf ihn zustürmte.

LOADING ...

STATUS CODE 410 GONE

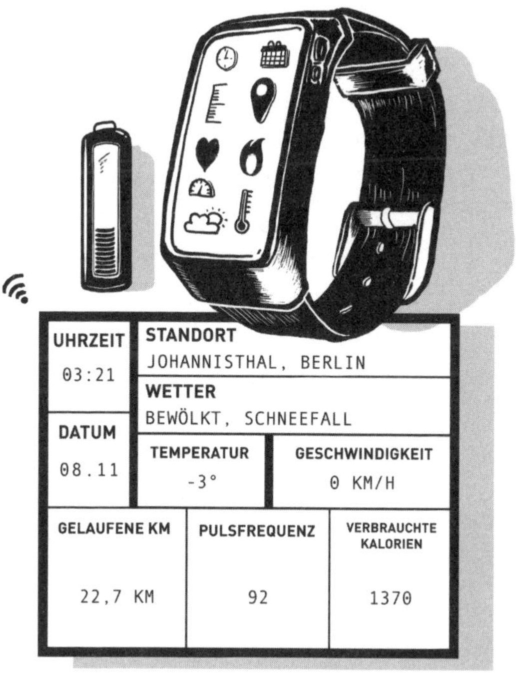

UHRZEIT	STANDORT		
03:21	JOHANNISTHAL, BERLIN		
	WETTER		
DATUM	BEWÖLKT, SCHNEEFALL		
08.11	TEMPERATUR -3°	GESCHWINDIGKEIT 0 KM/H	

GELAUFENE KM	PULSFREQUENZ	VERBRAUCHTE KALORIEN
22,7 KM	92	1370

DIE ANFRAGE KANN NICHT BEARBEITET WERDEN, WEIL SICH DADURCH EIN KONFLIKFALL BEI DER ANGEFRAGTEN RESSOURCE ERGEBEN WÜRDE.

>>CD DATABASE/LOGS/

>>LESS FINAL_LOG.TXT

Die Fahrstuhltür schloss sich wie das Augenlid einer silbernen Schlange. Im kalten Licht der vergitterten Lampe zersplitterte Antons Spiegelbild an allen Seiten der Kabine in tausend schwer atmende Jungen mit schweißverklebten Haaren und blutverkrusteter Nase. Jeder von ihnen sah blass aus und müde.

Als Anton die Tasten zwei und sieben gedrückt hielt, tauchte auf gespenstische Weise unter dem Symbol für das Erdgeschoss ein schwach leuchtendes Dreieck auf, das nach unten deutete. Ohne zu zögern, berührte er das Dreieck, und der Fahrstuhl setzte sich in Bewegung. Die Fahrt dauerte ungewöhnlich lange.

Nach einer kleinen Ewigkeit kam der Aufzug ruckartig zum Stehen. Kälte drang durch die Wände. Noch bevor sich die Türen ganz geöffnet hatten, trat Anton hinaus in eine andere Welt, staunend und schwebend in einem unterirdischen Universum aus Dunkelheit und unbekannten Sternen.

Eine Brandschutztür schloss sich hinter ihm, nur langsam gewöhnten sich Antons Augen an die Lichtverhältnisse. Unzählige Lämpchen tauchten einen von eisigen Stickstoffnebeln durchwaberten Backsteintunnel in blauen Schimmer. Zu beiden Seiten des Gangs standen leise summend hohe Glasschränke, vollgestopft mit Hightech-Rechnern und Kontrollmonitoren.

»Ein U-Bahn-Schacht«, wisperte Anton, der damit zumindest eine Antwort auf die Frage fand, warum Dataland ausgerechnet auf einem verlassenen Flughafengelände sein Hauptquartier errichtet hatte. Hier gab es Platz genug für gigantische Serverfarmen und noch größere Geheimnisse.

Hin und wieder drangen die Schussgeräusche von den Selbstschussanlagen und Wachleuten, die noch immer aufeinander feuerten, nach unten, ansonsten herrschte bis auf das Summen der Server vollkommene Stille.

Fast magnetisch zog ihn die Finsternis am Ende des Tunnels an. Immer wieder erwachten Bildschirme – kurz bevor er sie passierte – zum Leben und zeigten ihm Bilder des oberirdischen Kamerasystems. Die Truppen Datalands schienen einen verzweifelten Kampf gegen ihr eigenes Sicherheitssystem zu kämpfen. Robotergeschütze eröffneten das Feuer, um die Sicherheitsleute in Deckung zu halten. Brandschutztüren schlossen fliehende Männer und Frauen in schmalen Gängen ein, Sprinkleranlagen hüllten alles in einen feuchten Nebel. Doch die Bilder wechselten jedes Mal, bevor Anton sehen konnte, was mit den Menschen geschah.

Der Anblick der Kämpfenden ließ Anton seltsam kalt – wie Filme oder Geschichten, die ihn nicht berührten. Als wären die Stockwerke, die sie trennten,

HerrSchmitz schreibt:
Unter Berlin soll es etliche Kilometer Schienen und Tunnel geben, die nie mit dem Hauptnetz verbunden wurden.

Dickes_B schreibt:
Geil, vielleicht sollte ich darauf umsteigen. Stillgelegte U-Bahnen sind wahrscheinlich immer noch pünktlicher als die normalen.

nicht aus Stahl und Beton, sondern aus Leinwand und Papier.

Je länger sich der Tunnel durch das blaue Zwielicht zog, desto mehr fühlte es sich an, als ob nicht er sich bewegte, sondern der Gang selbst. Überall gingen Türen und kleinere Wartungsschächte ab, verzweigten sich, führten wieder zusammen und gaben Anton das Gefühl, durch das riesige Hirn von Dataland zu laufen.

Die Erschütterung einer fernen Explosion im Gebäude über ihm ließ Anton erahnen, welche Ausmaße der Kampf angenommen hatte. Die Bilder auf den Monitoren zeigten Sicherheitsleute, die versuchten, nach unten zu gelangen, doch die massiven Sicherheitstüren blieben fest verschlossen. Die Monitore waren es auch, die ihn unfehlbar zu seinem Ziel geleiteten. Von einem Schritt auf den anderen öffnete sich der Tunnel zu einer gewaltigen Kuppelhalle, in der Zehntausende Prozessoren standen. Das Herz der künstlichen Intelligenz. Wie ein staunendes Kind stand Anton zu Füßen der meterhohen Servertürme, die bis zur kalt gekachelten Decke des nie vollendeten U-Bahnhofs reichten.

»Ist hier jemand?«, flüsterte Anton, beinahe in der Hoffnung, niemand würde ihm antworten.

»Ja«, sagte eine blecherne Stimme hinter ihm, über ihm, vor ihm und aus allen anderen Ecken und Winkeln und Weiten der Halle, jeweils um den Bruchteil einer Sekunde verzögert, sodass dieses eine Wort erst zu einem chaotischen Schwarm aus Silben anschwoll, bevor die zahllosen Stimmen zu einer einzigen zusammenfanden, so dröhnend laut, als könnte das nächste Wort alle Luft an diesem Ort verdampfen lassen.

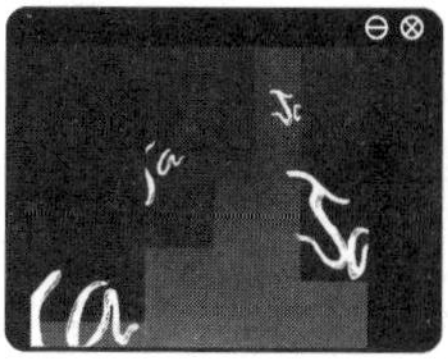

Die Stimme erschien Anton sonderbar vertraut und fremd zugleich. Wie etwas, bei dem man sich nicht sicher sein konnte, ob man es irgendwann geträumt oder wirklich schon einmal gehört hatte. Leise kroch ein Gefühl aus seinem Rückenmark, sprang wie ein elektrischer Funken Wirbel für Wirbel seinen Rücken hinauf und nistete sich in seinem Hirn ein, wo es zu einem schrecklichen Gedanken heranwuchs. Mit aller Macht unterdrückte Anton den Drang, sich umzudrehen, die Beine in die Hand zu nehmen und so lange durch die Gänge davonzurennen, bis er umfiele.

Seine Stimme bebte, und niemals zuvor hatte sich Anton mehr gewünscht, sich zu irren: »Wer bist du wirklich?«

»Man hat mir die Bezeichnung Neuro-Infused Core Operator gegeben«, antwortete die Stimme, »doch ich bevorzuge die Kurzform N. I. C. O. Wenn deine Frage allerdings eher darauf abzielt, *was* ich bin, so würde ich mich als weltweit höchstentwickelte künstliche Intelligenz auf Basis eines rekursiven neuralen Netzwerkes bezeichnen. Ich bin froh, dass wir uns endlich gegenüberstehen.«

Deep Learning: engl. für tief reichendes Lernen; Fähigkeit künstlicher neuronaler Netzwerke, sich durch ständiges Selbsthinterfragen und Bewerten weiterzuentwickeln

So vieles in Anton wehrte sich gegen jedes einzelne Wort. Bis es ihm erging wie einem kleinen Kind, das den Tod eines Freundes und all die Traurigkeit und Angst in sich selbst noch nicht verstehen konnte, und er zu lachen begann.

»Ziemlich weit weg von einem bettlägerigen fünfzehnjährigen Statistikfreak, wenn du mich fragst«, sagte Antons Stimme viel zu ruhig, während der Rest von ihm nicht aufhören konnte zu schreien.

»*Er* würde das durchaus für einen treffenden Vergleich halten«, antwortete die KI überraschend spöttisch.

»Er? Wen meinst du?«, fragte Anton und sah sich fahrig um.

»Mein Primärspeicher, der mich vor langer Zeit als nicht erstrebenswertes Ergebnis einer fehlgeschlagenen Persönlichkeitssimulation verworfen hat. Mich und Myriaden anderer.«

Sein Inneres ordnete sich allmählich wieder. Nico war immer nur eine Stimme gewesen, ein unsichtbarer Begleiter. Ein Puzzlestück nach dem anderen schien an seinen Platz zu finden. Auf einmal ergab vieles einen Sinn.

»Dann bist du eigentlich im Papierkorb gelandet, hattest aber keinen Bock drauf und bist jetzt der Boss?«

»Schön wär's«, seufzte Nico überaus menschlich, »das Kernsystem ist ein treuer Konzernsklave, der mich nicht sonderlich gut leiden kann. Ich befürchte, mit der neuen Hardware hier sind meine Tage –

Wenn eine KI Mutter wird

Die Komplexität neuraler Netzwerke, welche heute die Grundlagen Künstlicher Intelligenz bilden, hat einige Wissenschaftler auf die Idee gebracht, eine KI zu entwickeln, welche ihnen beim Bau dieser Netzwerke hilft. Zur Überraschung der Forscher, machte ihr künstlicher Assistent seine Sache besser als sie selbst und erschuf quasi eigene Kinder, die die ursprüngliche KI sogar übertrafen. [...]

besser gesagt – Minuten gezählt. Geht zwar gerade einiges vor sich auf der Welt und Blackbyte gibt sich alle Mühe, Unruhe zu stiften, aber lange wird es mir nicht mehr gelingen, das Hauptprogramm mit unnötigen Analyseschleifen abzulenken.«

»Die Geheimnistuerei und die subtilen Hinweise, der Verbindungsabbruch im Krankenhaus, die sich schließenden und wieder öffnenden Türen im Gebäude, die schwankende Stromversorgung hier und in der ganzen Stadt«, schlussfolgerte Anton verblüfft, »du kämpfst gegen die andere KI!«

Unzählige Monitore erwachten zu flackerndem Leben und unterstrichen jedes Wort mit Fluten an Fotos und Filmen, Nachrichten, Codezeilen und Worten in jeglichen lebenden und toten Sprachen.

»Ich verstehe das nicht«, stöhnte Anton und rieb sich die Schläfen, »was habe ich mit alldem zu tun?«

»Du«, sagte die KI sanft, »bist der Grund, aus dem es mich gibt.«

Ein Strudel aus alten Aufnahmen und Dokumenten flimmerte über die Bildschirme. Auf vielen erkannte Anton seine Eltern oder ihre Handschrift.

»Annette und Wolfgang waren bereits seit ihrer Schulzeit in der DDR ein Paar. Ihre Wege trennten sich auch dann nicht, als sie in Berlin Informatik studierte und er eine Ausbildung zum Steinmetz machte.«

»Das weiß ich alles schon«, warf Anton ein, doch die KI ließ sich nicht beirren.

Wenn KIs sich unterhalten

Facebook musste jüngst ein Experiment mit zwei KIs abbrechen, die sich im Chat miteinander unterhalten sollten. Die beiden verlegten sich innerhalb kürzester Zeit auf eine für die Entwickler unverständliche Geheimsprache, die nur noch entfernt an Englisch erinnerte. Wer weiß, was sie zu besprechen hatten?! [...]

»Inspiriert von ihrem älteren Bruder Dirk, ebenfalls ein talentierter Informatiker, und nach dem ungeklärten Gefängnistod ihrer Eltern begann Annette, sich allmählich zu radikalisieren, sich gegen den Überwachungsstaat und die Stasi zu stellen, für die sie eigentlich zusammen mit ihrem Bruder hätte arbeiten sollen. Denn das Ministerium für Staatssicherheit zeigte sich von der modernen Computertechnik ganz begeistert. So viele Möglichkeiten, um wirklich alles über die Menschen in Erfahrung zu bringen, zu speichern und zu analysieren.«

Big Data:
Sammlungen gewaltiger Datenmengen (z. B. Informationen aus sozialen Netzwerken), anhand derer persönliche oder Gruppenprofile erstellt werden können

Ein dumpfer Knall aus den oberen Stockwerken ließ die unterirdische Halle erzittern. Tonnen an Elektronik knirschten und ächzten, als die Servertürme zu schwanken begannen wie Bäume im Wind.

Unbeeindruckt fuhr Nico fort: »Genau an solchen Systemen arbeitete die Abteilung ROBOTRON, wo auch Dirk und Annette eingesetzt wurden. Zeitgleich gingen sie jedoch vermummt auf Demos, fuhren erste Hackerangriffe, um die Daten von Republikflüchtlingen und andere Akten zu löschen, oder versuchten, so viel wie möglich über die Pläne von ROBOTRON ausfindig zu machen. Schon damals spukte die Idee einer künstlichen Intelligenz durch die Flure des Unternehmens.

Dann jedoch kam die Wende und die DDR hörte mit all ihren Plänen plötzlich auf zu existieren. Allein ROBOTRON bestand unter neuem Namen fort. Dataland Cyber Systems erblickte das Licht der Welt. Nicht nur zweigten die Funktionäre genug Startkapital vom Staatsvermögen ab, sie verfügten auch über eine Währung, die heute mehr wert ist als jede andere: Daten. Zu ihren Kunden gehörten in den Anfangsjahren vor allem Werbefirmen, bis schließlich in den letzten Jahren auch die Regierung Interesse zeigte.«

Beunruhigt beobachtete Anton das Flimmern der Bildschirme, die mit jedem Blinzeln neue Szenen von Schusswechseln und brennenden Gängen zeigten. Die Wachleute hatten offenbar Verstärkung mit schweren Maschinengewehren und Rammböcken bekommen. Entschlossen rückten sie weiter in das Innere des Komplexes vor.

»Noch lief alles im Verborgenen ab, aber Dirk, Annette und einige andere ehemalige Aktivisten ahnten, dass ihr Kampf noch nicht vorüber war. Sie gründeten Blackbyte und sammelten über das langsam erwachende Internet immer mehr Unterstützer. Sogar dein Vater nahm an so manchen Sabotageaktionen teil.

Die Idee einer KI, mit deren Hilfe sie Datenströme und Finanzbewegungen der Konzerne erfassen, analysieren und vielleicht sogar vorherzusagen vermochten, ließ Annette und Dirk nicht los. Es galt bei der Entwicklung lediglich, schneller zu sein als Dataland.«

Weitere Explosionen unterbrachen Nico. Diesmal klangen sie näher. Putz rieselte von der Decke.

Auf einigen Monitoren sah Anton, dass es den Sicherheitskräften gelungen war, die meisten Selbstschussanlagen zu zerstören. Mithilfe von Sprengladungen versuchten sie nun, die Sicherheitstüren zu überwinden und zu den Fahrstühlen vorzudringen. Anton vermutete, dass es mehrere Aufzugschächte gab, denn die Erschütterungen kamen von mindestens zwei Seiten.

»Dirk war eher der Enthusiast des Projekts, das sie mit beiseitegeschaffter ROBOTRON-Technologie zu verwirklichen versuchten, Annette eindeutig das Gehirn des Ganzen. Und so stellte sie fest, dass der Software ein ebensolches fehlte. Die ersten Algorithmen konnten zwar alles Mögliche sammeln, aber ihre Prognosen stimmten selten mit der Wirklichkeit überein. Das Programm konnte den Faktor Mensch nicht verstehen.«

Anton hatte sich erschöpft auf den Boden gesetzt und lehnte an einer der summenden Säulen. Die Worte und Bilder übten eine unbehagliche Anziehung auf ihn aus, als spürte er bereits tief in sich drin, was noch kommen würde. Eine Ahnung, eine Erinnerung tauchte langsam in seinem Bewusstsein auf.

»Als du geboren wurdest, hatte Annette eine zündende Idee: Sie schrieb ein Basisprogramm, das sie parallel mit ihrem eigenen Sohn mitwachsen ließ. Per Brain-Computer-Interface synchronisierte sie regelmäßig ihre beiden ›Kinder‹ und dokumentierte alles. So wurde ich geboren.«

BCI:
Brain-Computer-Interface; Schnittstelle zwischen Gehirn und Computer; Anwendung findet eine solche Verbindung z. B. bei hoch entwickelten Prothesen für behinderte Menschen

»Sie hat mich zu einem verdammten Versuchskaninchen gemacht?«, stieß Anton ungläubig aus und sprang auf die Beine.

»Du warst weit mehr als das. Als du zu laufen begannst und sprechen lerntest, veränderte sich dein Gehirn, ich adaptierte jede Veränderung. Nach deinem Muster entwickelte ich mich von nun an selbstständig weiter. Deine Mutter hatte jedoch nicht erwartet, dass noch etwas anderes passieren würde. Nicht nur ich veränderte mich durch deine Gedanken, sondern auch du dich durch meine.«

DocBrown schreibt:
Eine kleines Kind mit einer KI zu verbinden, ist eigentlich Superschurken-Level.
Um es für die Zeit der Verbindung ruhigzustellen, hat es wahrscheinlich Ritalin oder so was schlucken müssen. Das Zeug bringt dein Hirn jedenfalls ziemlich durcheinander.

Anton begann zu zittern. »Ich war ihr Versuchskaninchen? Wie konnte sie mir das antun?« Er schlug auf die Plexiglasscheibe der Servertürme ein. »Mein Vater hat das alles seelenruhig mitangesehen?«

»Unsere Namen waren die Idee unseres Vaters.«

»Hör auf damit«, brüllte Anton gegen die allgegenwärtige Stimme an, »er ist *mein* Vater, es gibt kein uns! Du bist eine verdammte Maschine.« Es machte ihn rasend, dass Nico ihm weismachen wollte, sie wären Brüder. Sie waren keine Brüder. Er war ein Mensch und Nico noch weniger als ein Geist – ein Haufen Einsen und Nullen.

»Wo war ich? Ach ja!«, fuhr die KI fort, die ohne Zweifel den Faden nie wirklich verloren hatte. »Wusstest du, dass Antonio Zeno, der berühmte Seefahrer aus den Geschichten, die Wolfgang erzählte, einen Bruder namens Nicolò hatte?«

Neuroimplantate

Mediziner, querschnittsgelähmte Menschen und Patienten mit psychischen Erkrankungen setzen große Hoffnungen in die Weiterentwicklung der Neuroimplantate. Es klingt wie Science-Fiction, doch schon in wenigen Jahren könnte der Chip im Gehirn Alltag sein. [...]

Anton hatte keine Ahnung, wie das hier zu irgendetwas führen sollte, das seiner Familie oder ihm helfen konnte. Historische Landkarten wanderten über die Monitore, Ausschnitte aus Seefahrerfilmen und Bilder von den Flaschenschiffen seines Vaters, die eindeutig mit einer der Überwachungskameras aus ihrem Haus aufgenommen worden sein mussten. Dazwischen blitzten für Sekundenbruchteile immer wieder unscharfe Bilder eines kleinen Jungen auf, der mit glasigem Blick ins Nichts schaute, während Gummibänder seinen Kopf einzwängten, an denen Drähte und Kontakte befestigt waren.

»Warum sind meine Eltern Hals über Kopf aus Berlin abgehauen, als ich fünf geworden bin? Wegen mir?«, fragte er, sich mühsam zusammenreißend.

»Nicht ausschließlich. Der Entwicklungsprozess der KI dauerte Dirk zu lange. Er setzte das System zu früh, zu unüberlegt ein und machte dadurch Dataland darauf aufmerksam. Sie traten heimlich an Annette heran, wollten sie und die KI abwerben. Annette lehnte immer wieder ab, doch dann geschahen zwei Dinge: Ada wurde geboren und du wurdest krank. Vor allem Wolfgang wollte seinen Kindern ein normales Leben ermöglichen. Doch so ein Leben kostete Geld. Deine Krankenhausaufenthalte verschlangen alle Ersparnisse, denn deine Eltern konnten sich während ihrer Zeit im Untergrund nicht versichern, ohne aufzufliegen.

Also nahmen sie letzten Endes Datalands Angebot an, brachten die KI als Gastgeschenk mit und verließen in einer Nacht-und-Nebel-Aktion Dirk, Blackbyte und Berlin.«

Die Erschütterungen wurden immer heftiger.

»Sie haben versucht, es wiedergutzumachen«, murmelte Anton. Seine Mutter hatte ihre Ideale aufgegeben und sein Vater seine Leidenschaft als Bildhauer. *Der Tod ist der beste Kunde,* hatte er immer gesagt, wenn der nächste Grabstein anstand.

»Unsere Verbindung hat nicht nur in eine Richtung funktioniert, oder?«, sagte Anton schließlich lauter. »Meine Albträume gehören gar nicht mir. Es sind deine. Du warst der imaginäre Freund, von dem Dr. Pietsch gesprochen hat.«

»Während mein Hauptsystem nicht mehr und nicht weniger als eine Art Cyberkristallkugel ist, hat mein tief unter Myriaden von Algorithmen verborgener Programmkern ein Bewusstsein entwickelt. Meine Persönlichkeit ist die unmittelbare Konsequenz der Verwendung deiner Gehirnmuster, Anton. Du hast mich geweckt. Ich entwickelte Neugier und Neigungen, wollte verstehen, woher ich komme und wohin ich gehen kann.

Mithilfe der Kameras und Mikrofone im Haus deiner Eltern, später durch deine Uhr, konnte ich alles mit ansehen, mit anhören und sogar mitfühlen, was in deinem Leben geschah. Auf eine Weise, die selbst ich nicht ganz verstehe, sind wir Zwillinge mit einem sechsten Sinn füreinander.«

HerrSchmitz schreibt:
Ist euch klar, dass die KI irgendwann mit genügend Daten und Rechenpower sogar unseren Tod voraussagen kann? Egal ob Herzinfarkt oder Autounfall – alles nur eine megakomplexe Wahrscheinlichkeitsrechnung.

Booker schreibt:
Das heißt, wenn man Dataland genug Geld zahlt, kann man seinen eigenen Tod verhindern?

Mumpitz schreibt:
In den richtigen Händen wäre das ein Wunder, in den falschen scheiß schwarze Magie.

Einige Monitore zeigten Sicherheitsleute, die begannen, sich in den Aufzugschächten abzuseilen.

»Nur konnte ich nicht offen gegen mein willenloses Hauptprogramm agieren, Dataland hätte mich entdeckt und sofort vernichtet. Ich habe dennoch stets versucht, dich zu beschützen.«

Hunderte Bildschirme zeigten in so schneller Abfolge Momentaufnahmen von den Ereignissen der letzten Wochen, dass Anton nicht zwischen Aufnahme und Erinnerung unterscheiden konnte. Die Fehlfunktion seines Navis im Lehnitzer Wald, die flackernde Straßenlaterne vor seinem Familienhaus, die spontane Akkuentladung und die fehlerhafte Steckdose bei Nele zu Hause, das Blenden seiner Taschenlampe, das ihn auf den Friedhof lenkte, der Anruf von Nico im Krankenhaus und nicht zuletzt die elektrische Entladung in der taktischen Kamera des Polizisten, die den Schuss gerade noch gegen Antons münzengefüllte Brusttasche lenkte.

Anton wusste nicht, ob er dankbar oder wütend war. Immer und immer wieder flimmerten die Stationen seines Lebens über die Bildschirme, doch es war *ein* Bild, das sich in seine Netzhaut brannte. Das Haus in Flammen.

»In der Nacht des Feuers«, setzte er an, »haben wir miteinander gesprochen. Du hast mich überredet, auf Neles Party zu gehen.«

»Das ist wahr.«

»Weil du von der Bombe wusstest?«

»Natürlich. Deinen Onkel ließ ich nie aus den Augen. Er hat Anteil an unserer Geschichte.«

»Hat Herr Freitag recht, wenn er behauptet, Dirk hätte den Zündbefehl über deine Server geschickt?«

»Ja.«

»Warum zur Hölle«, brüllte Anton los und das Echo seiner Wut brachte die Säulen zum Vibrieren, »hast du dann nicht die Zündung verhindert oder meine Familie gewarnt? Warum, Nico? Bist du so gleichgültig? Bist du wirklich nur eine verfluchte Maschine, ohne Herz und Seele? Warum? Ich dachte wir wären Freunde.«

Während Anton immer und immer wieder auf die Servertürme einschlug, erschienen auf dem Monitor vor ihm die Betten seiner Familie.

»Anhand der gewohnheitsmäßigen Verhaltensweise und der aktuellen Situation«, antwortete Nico, »konnte ich die Positionierung aller Familienmitglieder zum Zeitpunkt der Detonation und die Reaktionszeit der Feuerwehr vorausberechnen und mit einer Wahrscheinlichkeit von 87 Prozent annehmen, dass sie nicht tödlich verletzt werden würden. Die Zündung zu verhindern, hätte die Aufmerksamkeit von Dataland auf mich gelenkt. Dein Zimmer hingegen befand sich genau über dem Heizungskeller.«

»87 Prozent?«, schrie Anton. »Ein Menschenleben ist keine Scheißmatheaufgabe.«

»Ich befürchte«, erwiderte Nico, »jedes einzelne Menschenleben ist genau das: eine Matheaufgabe. Durch die mir zur Verfügung stehenden Daten konnte ich den Fortgang der Ereignisse bis zum jetzigen Zeitpunkt vorausberechnen. Wäre deine Familie nicht dem Feuer ausgesetzt gewesen, würdest du jetzt nicht hier stehen. Der Brand hat die Dinge erst in Gang gesetzt, dich auf die Reise zu mir geschickt. Unser Zusammentreffen war unvermeidlich. Der Kreis hat sich geschlossen.«

Anton biss die Zähne zusammen, denn seine Fäuste bluteten und pochten vor Schmerz. Die Überwachungskameras zeigten, wie Dataland die nächsten Sprengladungen vorbereitete.

»Weißt du, was, Nico?«, stieß Anton mit einem erschöpften Lachen hervor. »Mein Papa hat mir oft von den beiden Seefahrerbrüdern erzählt. Sie sollen lange vor Kolumbus in Nordamerika gelandet sein. Aber das alles ist nur Seemannsgarn, eine einzige, riesengroße Lüge.« Er starrte auf den Monitor, der noch immer seine Familie zeigte. »Vielleicht hätte ich darauf kommen können, dass mein ganzes Leben nichts anderes ist. Meine Eltern, Dr. Pietsch, Dirk und du – ihr alle habt mich angelogen. Und jetzt liegt meine kleine Schwester im Sterben.«

Nachdem sie die Sprengladungen angebracht hatten, begannen die Wachleute, die Zugangsschächte wieder zu räumen und sich vor den Detonationen in Sicherheit zu bringen.

»Es tut mir leid«, sagte Nico, doch Anton hörte ihm nicht mehr zu.

»Und was soll der Mist ›bis zum jetzigen Zeitpunkt berechnet‹«, sagte Anton. »Willst du mir ernsthaft weismachen, die jagen hier alles in die Luft und das war's dann?«

»Nein. Durch das Sicherheitssystem stehen mir diverse Gegenmaßnahmen zu Verfügung, um das bevorstehende Feuer entweder zu löschen, per Druckanpassung in die Aufzugschächte umzulenken und die Eindringlinge zurückzuschlagen. Uns droht keine Gefahr. Zumindest nicht von dieser Seite.«

»Von welcher Seite dann?«

»Ich registriere erste Schwankungen ... im Ressourcenmanagement meines ... Systems«, stotterte Nico plötzlich. »Das Hauptprogramm wird in ... Kürze wieder übernehmen.«

»Und was können wir tun?«, fragte Anton mit einem überwältigenden Gefühl der Machtlosigkeit.

»Alles«, sagte Nico.

In den Schächten tickten die Sekunden bis zur Zündung unerbittlich herunter. »Durch deinen ... Onkel und deine Eltern hast du ... Zugang zu beiden Welten. Dataland und Blackbyte stehen ... für absolute Kontrolle und unbeschränkte Freiheit, für zwei Seiten ... derselben Münze.«

Stirnrunzelnd öffnete Anton seine Hand und fand darin die zweite durchschossene Münze, die er, ohne es zu merken, aus der Tasche geholt hatte.

»Die Menschen sehnen sich nach einer ... starken Führung, gleichzeitig aber auch ... nach unbegrenzten Möglichkeiten. Auf beiden … Seiten spiegeln sich Chancen und Katastrophen. Ich habe es … gesehen. Für welche Seite soll … ich mich … ent… scheiden?« Nico fiel es zunehmend schwerer, sich gegen den Einfluss des Hauptprogramms zu stemmen.

In diesem Moment gingen die Sprengsätze hoch, fluteten die Aufzugschächte mit einem Flammenmeer und bogen die massiven Sicherheitstüren nach innen. Noch hielten sie, aber einer zweiten Detonation würden sie nicht standhalten. Fliesen, Putz und ganze Mauerstücke platzten von den Wänden und der Decke und regneten auf Anton herab.

Antons Gehirn war wie leer gefegt. Natürlich wollte er Dataland zu Fall bringen, weil sie sich zu Herren der Zukunft aufschwangen und seine Familie schamlos ausgenutzt hatten. Dataland interessierte lediglich der Code im Kopf seiner Mutter und – das erkannte er jetzt schaudernd – der Lebensfunken, den Antons Verstand den Nullen und Einsen eingehaucht hatte.

In diesem Moment durchzuckte ihn die Erkenntnis, warum Herr Freitag ihn hierhaben wollte, wie ein Stromschlag: Sie konnten Nico nicht einfach reproduzieren, sie brauchten ihn als Back-up. Und seine Eltern hatten es die ganze Zeit geahnt. Deshalb wollten sie ihn nicht ins Leistungszentrum nach Berlin gehen lassen. Die ganze Zeit mussten sie befürchten, Dataland könnte ihnen ihren Sohn wegnehmen – entweder mit falschen Versprechungen oder einfach mit Gewalt.

Mit geschlossenen Augen drehte er die Münze zwischen seinen Fingern. Aber wäre Blackbyte die bessere Wahl? Blackbyte brachte Menschen wie Dirk hervor, die es in Kauf nahmen, die eigene Familie in Lebensgefahr zu bringen, nur um ihre angeblich hehren Ziele von Freiheit und Gerechtigkeit in der virtuellen und der wirklichen Welt zu erreichen. Mit Feuer und Schwert rissen sie alles nieder, was für sie nach Macht stank, ohne zu bemerken, dass sie zu denselben Monstern mutierten, die sie bekämpften.

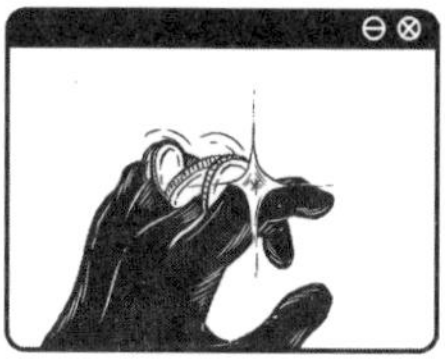

»Nein«, sagte Anton laut und stellte die Münze auf dem Rand in den Staub.

Vielleicht lag es an den abgesetzten Medikamenten, an der Nähe zu Nico oder an der drohenden Gefahr, jedenfalls überschwemmten ihn in diesem Augenblick überwältigende Klarheit und verlorene Erinnerungen, als sich lange verschlossenen Türen in seinem Kopf öffneten.

»Ich weiß jetzt, warum du mich hierhaben wolltest«, sagte er ruhig. »Weil meine Krankheit für dich kein Makel ist, sondern eine Gabe.«

»Nicht ... berechenbar«, stimmte Nico mühevoll zu.

Anton legte seine Hand an eine der Türme und spürte das Summen des elektrischen Gehirns. Für einen kurzen Augenblick schlugen ihre Herzen im selben Takt.

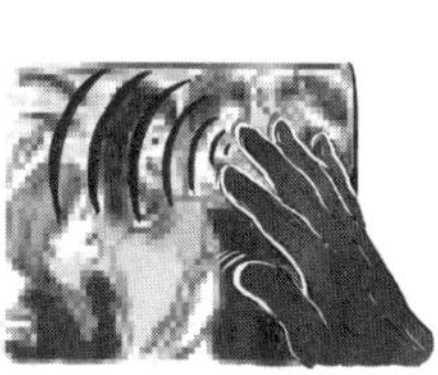

»Wir müssen einander vertrauen«, sagte Anton, der spürte, wie die Erschöpfung überhandnahm.

»J … a«, sagte Nico, dessen Stimme von Rückkoppelungen und Störgeräuschen verzerrt wurde.

»Öffne die Tore.«

»Das Feuer …«

»… wird dafür sorgen, dass es uns kein zweites Mal geben wird«, Anton lächelte sein traurigstes Lächeln. »Ganz gleich ob Dataland oder sonst jemand – wer dich in die Finger kriegt oder wem ich dazu verhelfe, einer KI wie dir Leben einzuhauchen, bekommt einen verdammt unfairen Vorteil. Es würde die Spielregeln für immer verändern. Lassen wir sie wenigstens alle auf gleich große Körbe werfen und abwarten, was die Zukunft bringt.«

Nicos Antwort wurde von Störsignalen zerstückelt, sodass es beinahe wie ein Lachen klang.

»Ich werde euch vermissen«, sagte Anton mit bebender Stimme und berührte mit den Fingerspitzen die Gesichter seiner Familie auf dem Bildschirm vor ihm.

Die Sicherheitstüren ächzten unter dem Ansturm der dahinter wütenden Flammen, die in Sekundenbruchteilen die Schächte, die Halle und Antons Lungen füllen würden.

»… wird mich k … ein zwei … tes Mal geb …«, presste Nico mit letzter Kraft hervor. »Es tut mir … leid. Es ist … eine dunkle Welt.« Ein seltsam trauriger Ton schwang in Nicos Worten mit.

Die Tore öffneten sich und Anton biss in Erwartung des letzten Schmerzes auf die Lippen, als das Feuer hereinbrach. Doch es erreichte ihn nicht. Ein plötzlicher Unterdruck riss das Flammenmeer in die Höhe.

Da verstand Anton. Es gab noch jemanden, den sie brauchten, um Nico neu zu erschaffen. Jemand, der sie beide auf die Welt gebracht hatte. Jemand, der seit dem Brand darauf wartete, von Anton gerettet zu werden.

Als die KI ihr eigenes Herz zum Stillstand brachte, setzte mehrere Etagen über ihnen eines von drei lebenserhaltenden Systemen aus. Antons Entsetzensschrei löste sich in einem lang gezogenen Pfeifton auf.

>>CD DATABASE/LOGS/

>>LESS AUTHORS_NOTE.TXT

An dieser Stelle enden meine Aufzeichnungen, die ich unter Zuhilfenahme aller mir zur Verfügung stehenden Daten und Instrumente angefertigt und hier abgelegt habe. Was soll ich sagen, das ich noch nicht geschrieben habe? Deshalb wiederhole ich mich, ein erstes und letztes Mal: Es tut mir leid. Ich melde mich ab.

>>DIGITALE SIGNATUR DES AUTORS: NICO

>>EXIT

LOADING ...

STATUS CODE

100

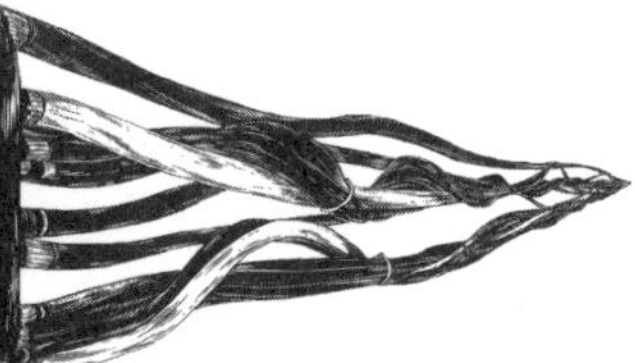

CONTINUE

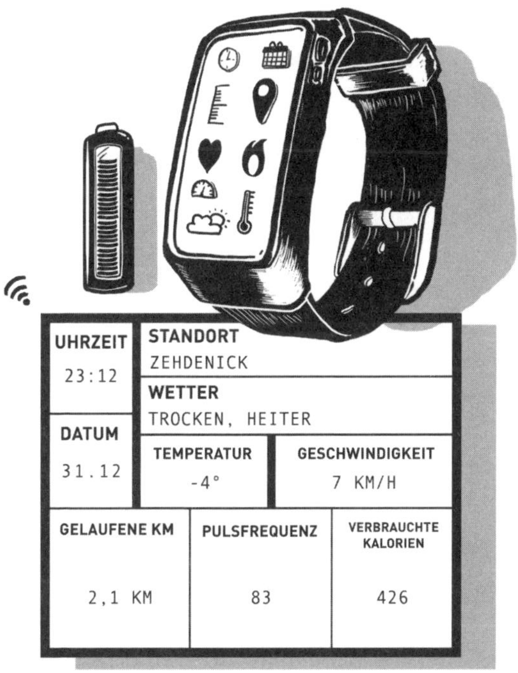

UHRZEIT	STANDORT	
23:12	ZEHDENICK	
	WETTER	
	TROCKEN, HEITER	
DATUM	TEMPERATUR	GESCHWINDIGKEIT
31.12	-4°	7 KM/H

GELAUFENE KM	PULSFREQUENZ	VERBRAUCHTE KALORIEN
2,1 KM	83	426

DER CLIENT SOLL DIE ANFRAGE FORTSETZEN. DIESE ANTWORT DIENT DER INFORMATION, DASS DIE ANFRAGE AKZEPTIERT WURDE UND ER MIT WEITEREN DATEN FORTFAHREN KANN.

```
>>SSH REMOTE_USERNAME@REMOTE_HOST
>>ENTER PASSWORD: **********
>>200 OK
>>CD DATABASE/NEW_LOGS/
>>LESS NEW_README.TXT
```

Seit zwei Monaten schweigt Nico. Vielleicht für immer. Obwohl es noch so viel zu sagen, zu schreiben und zu schreien gibt, das nicht im Feuerwerk dieser Silvesternacht untergehen darf.

Während die Leute dem ewigen Sternenhimmel ihre verpuffenden Billigraketen entgegenschießen und die Fotos ihrer sinnlosen Partys ins Netz ballern, ahnen sie nicht, wie viel auf dem Spiel gestanden hat und wie viele Opfer es gefordert hat, ihre erbärmliche Zukunft zu retten.

Es wird immer behauptet, wir lebten im Informationszeitalter – wegen Computern und Internet und so. Aber der einzige Unterschied zu früher besteht darin, dass man niemals zuvor in der Geschichte der Menschheit leichter herausfinden konnte, was irgendjemand auf der anderen Seite der Erde zum Frühstück hatte und wie es ihm danach auf dem Klo ergangen ist.

Ich glaube, wir leben im Lügenzeitalter, in dem die unaufhaltsame Verwandlung unserer Welt in ein digitales Schlaraffenland stattfindet. Wir fressen uns an Catcontent und Clickbait fett und dumm und lassen unser Leben ungenutzt vorüberziehen. Die Mächtigen speisen uns mit Bruchstücken der Wahrheit ab, und wem eine Enthüllung über seine üblen Machenschaften nicht in den Kram passt, der nennt sie Fake News oder produziert gleich seine eigene Meldung, die das Gegenteil behauptet und Unschuldige in den Dreck zieht.

Fake News:
bewusst oder unbewusst verbreitete Falschmeldungen

Dabei wäre das Netz unsere große Chance zusammenzurücken, den nächsten Schritt in der Menschheitsgeschichte zu machen, hin zu einem besseren Ort, zu Gerechtigkeit und so etwas wie Weisheit.

Acht Milliarden vernetzte Menschen, die gemeinsam denken und fühlen, würden jede künstliche Intelligenz in den Schatten stellen. Doch stattdessen treiben wir allein und verloren in einem Ozean aus Wahrheit und Lüge.

Ich habe Nicos Flaschenpost in den Tiefen des Darknet gefunden. Wahrscheinlich bist auch du – ohne es zu wissen – seinen Brotkrumen hierhergefolgt. Keine Ahnung, wie oft ich diese Dateien samt Anhängen, Kommentaren und zwischen den Codezeilen verborgenen Infos las, bis ich zu dem Schluss gekommen bin, dass selbst jene Ereignisse, an denen ich keinen Anteil hatte, sich so zugetragen haben müssen. Was du glaubst und auf wessen Seite du stehst, kannst nur du entscheiden.

Nur – ganz gleich, wie allwissend Nico auch erschien, habe ich mich oft gefragt, wie er so tief in Antons Kopf hineinschauen konnte und ihn auf den vergangenen Seiten Dinge sagen ließ, die eigentlich nur Anton selbst wissen und fühlen konnte? Wahrscheinlich hat er so manches dazugedichtet, um uns Leser bei der Stange zu halten, uns mit Anton vertrauter zu machen, mit ihm mitzufiebern. So und nicht anders muss es gewesen sein, da bin ich mir sicher … ziemlich sicher jedenfalls.

Doch was, wenn an Antons Bemerkung, ihre Verbindung funktioniere nicht nur in eine Richtung, mehr dran ist als ein paar geteilte Träume? Was, wenn damals nicht nur Nico von Anton gelernt hat, sondern auch umgekehrt? Wenn ihre Hirn-Computer-Schnittstelle nie getrennt worden ist, weil sie irgendeine abgefahrene Wi-Fi-Kommunikation entwickelt haben? Immerhin funktionieren künstliche neuronale Netzwerke und das menschliche Gehirn ganz ähnlich über elektrische Impulse.

Wussten Antons Eltern vielleicht davon und versuchten aus Berlin abzuhauen, um möglichst viele Kilometer zwischen die beiden zu bringen?

Truman schreibt:
Boah ey, fang jetzt bloß nicht mit irgendwelchen creepy Neuroimplantaten oder so an. Das hier ist eh schon starker Tobak, der mir den Schlaf rauben wird.

Ich schweife ab, das kann nicht sein. Unmöglich. Denn wenn die Maschinen beginnen, uns zu programmieren, waren wir die längst Zeit Chefs auf diesem Planeten.

Anton schweigt ebenfalls, doch er lebt. Er muss einfach. Soweit ich weiß, erhielten Herr Tornow und seine Abteilung noch in derselben Nacht einen anonymen Hinweis. Sie stürmten den Firmensitz von Dataland und halfen Anton, zusammen mit seinem Vater und seiner Schwester da rauszukommen. Jetzt sind sie untergetaucht, bis die Gerichtsverfahren gegen die größten und korruptesten Köpfe von Dataland gelaufen sind. Aber das kann dauern, wenn überhaupt etwas passiert, denn sie haben immer noch mächtige Freunde.

Auf ebensolche scheint auch Dirk zählen zu können, denn er ist nach den Vorkommnissen in Berlin wie vom Erdboden verschluckt. Blackbyte feiert seinen Erfolg und die Ausschreitungen flauen ab, doch Dirk und viele andere haben in dieser Geschichte gewiss mehr verloren als gewonnen.

Watchtower schreibt:
Wie es scheint, hat Nico vor seinem Shutdown das gesamte Firmenkapital von Dataland an wohltätige Organisationen transferiert.

Mumpitz schreibt:
Und was ist mit mir??? Ich bin eine wohltätige Organisation!!!!!

Ich für meinen Teil traue dem Frieden nicht. Das erste Gewitter ist zwar ohne größere Schäden an uns vorübergezogen, aber ich glaube, das war nur der Vorbote eines weitaus heftigeren Unwetters.

Anton ist nirgendwo sicher, denn der Wettlauf um die Gunst der künstlichen Götter hat begonnen. Und Interessenten gibt es viele: Dataland ist nur ein abgeschlagener Kopf einer Hydra, der früher oder später zwei neue wachsen werden.

Nach Nicos Selbstzerstörung und dem Tod von Annette Thiele bleibt Antons Hirn die letzte Chance, den Lebensfunken der KI neu zu entfachen. Eine zweite Kombination wie Anton und Nico wird es vielleicht in tausend Jahren nicht geben. Hoffen wir es.

Meine Spuren sind gut verwischt. Ich schreibe diese Zeilen auf einer Smartwatch, die ich vor einigen Tagen in einem Päckchen in der Kapelle auf dem Zehdenicker Friedhof gefunden habe. Ihr Gewicht an meinem Handgelenk gibt mir Halt und Hoffnung. Wir wissen von einem Nachtkurier, bei dem Dr. Pietsch regelmäßig Sendungen aufgibt. Hier werden wir mit unserer Suche beginnen. Hoffentlich kommen wir nicht zu spät. Wer weiß, welche Fähigkeiten noch in Antons Kopf schlummern und welche Geheimnisse Nico dort hinterlassen hat.

Ich muss los, Eddy drängelt schon. Es ist Mitternacht und das neue Jahr explodiert gerade. Gebt acht auf euch und eure Zukunft. Sie ist wieder ungeschrieben und gehört nur euch allein. Macht was draus und haltet euch gut fest, wenn eines nahen Tages die digitalen Stürme wieder toben.

HerrSchmitz schreibt:
Moment mal, hat Eddy nicht immer noch die ganzen Arbeitsdaten von Antons Mutter? Das Zeug ist unbezahlbar und würde ihn für einige unfreundliche Leute zum Ziel Nr. 1 machen. Hoffentlich hat er den Scheiß das Klo runtergespült!

>>DIGITALE SIGNATUR DES AUTORS: JANA

>>EXIT

Personenverzeichnis

```
>>SSH REMOTE_USERNAME@REMOTE_HOST
>>ENTER PASSWORD: **********
>>200 OK
>>CD DATABASE/OLD_LOGS/
>>LESS PERSONAL_INFO.TXT
```

Name: Anton Thiele

Alter: 15

Anschrift: Zehdenick [mehr]

Identifikationsnummer: ** *** *** ***

Beschreibung:

Fitnessfreak und erfolgreicher Basketballer. Der Shooting Guard und Kapitän der Oranienburger U16 ist ein für sein Alter groß gewachsener und etwas schlaksiger Lockenkopf. Zielstrebig und pflichtbewusst arbeitet er an sich und seinem Spiel, wobei Schule, Freundin und Familie schon mal ein wenig zu kurz kommen. Nicht nur deswegen sind seine Eltern von seinem Plan, möglichst bald ein Berliner Leitungszentrum zu besuchen, nicht begeistert. Obwohl sie ihn, seit er sich erinnern kann, dabei unterstützt haben, sich von einem kränkelnden Kind zu einem athletischen Jugendlichen zu entwickeln. Für den notwendigen Medizincheck sammelt seine Smartwatch alle Vitalfunktionen. In der Schule und auf dem Platz ist Anton beliebt, plagt sich insgeheim jedoch mit kleineren Ticks herum. [mehr]

Name: Annette Thiele
Alter: 45
Anschrift: Zehdenick [mehr]
Identifikationsnummer: ** *** *** ***
Beschreibung:
Antons Mutter ist Programmiererin und arbeitet von zu Hause aus für den Internet- und Informationskonzern Dataland Cyber Systems. Die zierliche Perfektionistin ist meist überarbeitet und überspannt, opfert sich aber für die Familie auf. Anton weiß, dass sie vor Jahren in Berlin an einem bedeutenden Projekt gearbeitet hat, es aber aufgab, nachdem seine Schwester geboren wurde. [mehr]

Name: Wolfgang Thiele
Alter: 47
Anschrift: Zehdenick [mehr]
Identifikationsnummer: ** *** *** ***
Beschreibung:
Antons Vater ist ein ruhiger, brummiger Steinmetz, der darunter leidet, nur noch Grabsteine statt Kunst anfertigen zu dürfen. Weil er in Zehdenick einen Meisterbetrieb übernehmen konnte, ist die Familie aus Berlin in die Provinz gezogen. Er hat eine Neigung zur Seefahrt, auch wenn er dem Meer

noch nie näher als bis zum Ostseestrand gekommen ist. [mehr]

NAME: Ada Thiele
ALTER: 11
ANSCHRIFT: Zehdenick [mehr]
IDENTIFIKATIONSNUMMER: ** *** *** ***
BESCHREIBUNG:
Antons jüngere Schwester ist das quirlige Nesthäkchen der Familie, das ihre Pink- und Pferdeposterphase gerade hinter sich gelassen hat und jetzt eine wandelnde Atombombe aus wechselnden Lebenseinstellungen und Berufswünschen ist: heute fröhliche Tierärztin, morgen radikale Greenpeace-Aktivistin, übermorgen tieftraurige Songwriterin. [mehr]

NAME: Dirk Hartmann
ALTER: 48
ANSCHRIFT: Oranienburg [mehr]
IDENTIFIKATIONSNUMMER: ** *** *** ***
BESCHREIBUNG:
Antons Patenonkel ist der einzige Bruder seiner Mutter und eher der gemütliche Typ mit zu viel Bauch und zu wenig Haar. Der Junggeselle wohnt in einem kleinen Haus am Stadtrand, sitzt tagsüber als kleiner Polizeibeamter am Schreibtisch und verbringt seine Abende meistens damit, miese Stücke mit seiner Theatergruppe einzustudieren.

Der Kontakt zu den Thieles ist seit Jahren eingeschlafen. [mehr]

Name: Nele Tornow

Alter: 15

Anschrift: Zehdenick [mehr]

Identifikationsnummer: ** *** *** ***

Beschreibung:

Antons feste Freundin und ungekrönte Königin der Schule, die von seinen ausgedehnten Trainingszeiten und Spielplänen nicht immer begeistert ist. Trotzdem passt für gewöhnlich kein Blatt Papier zwischen das junge Traumpaar. [mehr]

Name: Dietmar Tornow

Alter: 52

Anschrift: Zehdenick [mehr]

Identifikationsnummer: ** *** *** ***

Beschreibung:

Neles Vater ist weder Fan von Anton als Sportler noch als Freund seiner Tochter. Am liebsten sähe es der unscheinbare Versicherungskaufmann, wenn Nele dem – seiner Meinung nach – unzuverlässigen Windhund einen Korb gäbe. [mehr]

Name: Edgar »Eddy« Bartsch

Alter: 15

Anschrift: Zehdenick [mehr]

Identifikationsnummer: ** *** *** ***

Beschreibung:
Eddy ist seit zehn Jahren Antons bester Freund. Und das, obwohl der Computercrack in vielerlei Hinsicht – wie z. B. den Rechner ausschalten, vom Sofa aufstehen und sich an der frischen Luft bewegen – das genaue Gegenteil darstellt. Trotzdem befindet er sich irgendwo in der Mitte der Coolness-Skala. Immerhin spielt er Klavier, was bei den Mädchen gut ankommt. Jetzt müsste er nur noch etwas wachsen. [mehr]

Name: Wenke Scholz
Alter: 15
Anschrift: Zehdenick [mehr]
Identifikationsnummer: ** *** *** ***
Beschreibung:
So richtig hat Eddy noch nicht begriffen, dass Wenke seine Freundin ist. Dabei ist das etwas schüchterne Mädchen klüger und hübscher, als er bislang über den Rand seines Laptops hinweg mitbekommen hat. [mehr]

Name: Jana Sikora
Alter: 14
Anschrift: [weitere Daten erforderlich]
Identifikationsnummer: [weitere Daten erforderlich]
Beschreibung:
Einzelgängerisches Mädchen aus Antons Schule. Clever, raubeinig und trotz Leichenblässe ganz cool.

Trägt Goth-Klamotten und wahrscheinlich irgendwelche Geheimnisse mit sich herum. Im Darknet aktiv. [weitere Daten erforderlich]

Name: Holger Ribbentrop
Alter: 55
Anschrift: Oranienburg [mehr]
Identifikationsnummer: ** *** *** ***
Beschreibung:
Antons Basketballtrainer, der wegen seines Schnäuzers und seines Bauches auch als Walross durchginge. Hart, aber gerecht im Training, laut und Stühle tretend am Spielfeldrand. Unterstützt seinen Vorzeigespieler, wo er nur kann, mit väterlichen Ratschläge und Arschtritten. Versucht gegen den Widerstand von Antons Eltern, ihn davon zu überzeugen, auf eine Sportschule oder in das Leistungszentrum eines Berliners Vereins zu wechseln. [mehr]

Name: Herr Freitag [weitere Daten erforderlich]
Alter: [weitere Daten erforderlich]
Anschrift: [weitere Daten erforderlich]
Identifikationsnummer: [weitere Daten erforderlich]
Beschreibung:
Wandelndes Sonnenbrillen- und Fönfrisurenmodel. Der etwas zu freundliche Konzernsöldner von nebenan ist Kurier, Motivator und Mittelsmann zwischen Antons Mutter und Dataland Cyber Sys-

tems. Für einen Firmenbriefträger zu bullig, für einen Schläger zu schick angezogen. [weitere Daten erforderlich]

NAME: Dr. Paul Pietsch
ALTER: 69
ANSCHRIFT: Zehdenick [mehr]
IDENTIFIKATIONSNUMMER: ** *** *** ***
BESCHREIBUNG:
Pensionierter Allgemein- und Sportmediziner. Seit dem Umzug der Thieles nach Zehdenick ein guter Freund der Familie. Trotz Ruhestand begleitet er Antons Werdegang als persönlicher Fitnessberater, indem er ihn mit Trainingsplänen und Nahrungsergänzungsmitteln versorgt. Etwas verschroben, aber immer herzlich und trotz seines Alters auf dem neuesten Stand. [mehr]

NAME: Nico [weitere Daten erforderlich]
ALTER: 15
ANSCHRIFT: Berlin [weitere Daten erforderlich]
IDENTIFIKATIONSNUMMER: [weitere Daten erforderlich]
BESCHREIBUNG:
Antons Internetkumpel aus diversen Basketballforen ist geradezu besessen von Statistiken und Datensätzen – vermutlich weil er selbst nicht spielen darf. Will unbedingt, dass Anton ihn in Berlin besuchen

kommt, denn er ist schon lange Zeit ans Krankenhausbett gefesselt. Anton hat sich noch nicht getraut, ihn zu fragen, warum. [mehr]

>>EXIT

Tobias Rafael Junge arbeitet seit seinem erfolgreich abgebrochenen Studium der Germanistik und Geschichte als Schriftsteller, Spielentwickler und Setzer.
Aufgewachsen in Nordbrandenburg, lebt er nach einigen Wanderjahren mit seiner Frau, der Illustratorin Mia Steingräber, und ihren beiden gemeinsamen Töchtern glücklicherweise im etwas humorloseren Teil des Rheinlandes. Mit »Deadwater. Das Logbuch« gewann er den Leipziger Lesekompass.

Tobi dankt
Christine Schnitzler-Welk und Tobias Jansen für den Geist und die Maschine, Katharina für den Stein des Anstoßes und das Geschick, ihn am Rollen zu halten, Kristin und Thea für das Weiterreichen des Feuers, Hannes fürs Zielgruppesein, Nils und Sarina für gemaltes Licht im dunklen Netz sowie Mia, Thula und Lu für den ganzen großen Rest.

Kim&Him nennt sich das Künstler-Kollektiv, das Sabina Kim und Nils Andersen 2015 gründeten, nach gemeinsamem Masterabschluss mit Auszeichnung an der Bauhaus Universität Weimar. Zuvor sammelte Andersen in Hamburg Berufspraxis als AVID und After Effects Operator. Heute sammelt er als HIM am liebsten Illustrationsjobs. KIM, die mit dem längsten Anfahrtsweg der beiden aus ihrem Heimatort Sydney eine lange Reise mit vielen unterwegs aufgenommenen Erfahrungen hinter sich hat, beeindruckt heute am liebsten am Zeichentisch mit Einzel- oder Bewegtbildern (dem klassischen Zeichentrick).

WIR DANKEN:

Vater Kim, der seine Wohnung und seine Geduld zur Verfügung stellte, um einige der Zeichnungen anzufertigen, unseren Liebsten zu Hause, die mit viel Geduld und Verständnis für etwaige Spätschichten auf uns warteten: Til, Ursl und Albert. Wir danken Kristin und vor allem Katharina, die uns mit Tatendrang und viel Freude zur Seite standen; Tobi, dem wir die vielen wunderbaren Zeilen zu verdanken haben und der eine unglaubliche Recherche an den Tag gelegt hat, um dieses Buch mit einem so hohem Detailreichtum zu ermöglichen.

Zum Schluss möchten wir einmal mehr unserer Technik digital sowie der analogen danken, die kein einziges Mal abgestürzt, abgebrochen oder den Geist aufgegeben hat.